Deseo™

Un trato muy especial

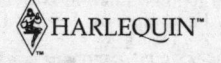

LEANNE BANKS

HARLEQUIN™

Editado por HARLEQUIN IBÉRICA, S.A.
Núñez de Balboa, 56
28001 Madrid

© 2010 Leanne Banks. Todos los derechos reservados.
UN TRATO MUY ESPECIAL, N.º 1722 - 26.5.10
Título original: The Playboy's Proposition
Publicada originalmente por Silhouette® Books.

Todos los derechos están reservados incluidos los de reproducción, total o parcial. Esta edición ha sido publicada con permiso de Harlequin Enterprises II BV.
Todos los personajes de este libro son ficticios. Cualquier parecido con alguna persona, viva o muerta, es pura coincidencia.
® Harlequin, Harlequin Deseo y logotipo Harlequin son marcas registradas por Harlequin Books S.A.
® y ™ son marcas registradas por Harlequin Enterprises Limited y sus filiales, utilizadas con licencia. Las marcas que lleven ® están registradas en la Oficina Española de Patentes y Marcas y en otros países.

I.S.B.N.: 978-84-671-7979-8
Depósito legal: B-11015-2010
Editor responsable: Luis Pugni
Preimpresión y fotomecánica: M.T. Color & Diseño, S.L.
C/ Colquide, 6 portal 2 - 3º H. 28230 Las Rozas (Madrid)
Impresión y encuadernación: LITOGRAFÍA ROSÉS, S.A.
C/ Energía, 11. 08850 Gavá (Barcelona)
Fecha impresion para Argentina: 22.11.10
Distribuidor exclusivo para España: LOGISTA
Distribuidor para México: CODIPLYRSA
Distribuidores para Argentina: interior, BERTRAN, S.A.C. Vélez Sársfield, 1950. Cap. Fed./ Buenos Aires y Gran Buenos Aires, VACCARO SÁNCHEZ y Cía, S.A.
Distribuidor para Chile: DISTRIBUIDORA ALFA, S.A.

Prólogo

Lo llamaba Don «Paga-a-tocateja-y-deja-buena-propina». Bella St. Clair vio al guapo y sofisticado cliente de cabello oscuro en un rincón del atiborrado bar de Atlanta. Había ido cuatro de las diez noches que ella había trabajado en Monahan's. Siempre educado, había charlado con ella unas cuantas veces, haciendo que se sintiera como una persona, en vez de como una simple camarera. Aunque su corazón estaba muerto en todo lo referente al romance y la preocupaba el problema de su tía, Bella se sintió mejor al verlo.

Él la saludó con la cabeza cuando se acercó.

—Buenas noches. ¿Cómo está hoy? —preguntó, dejando una servilleta de papel sobre la mesa.

—He estado mejor —contestó él, encogiéndose de hombros.

Bella entendía muy bien esa expresión. El negocio de su tía había caído en manos del banco hacía un mes y Bella se sentía en parte responsable.

—Lo siento —dijo—. Puede que el ambiente lo distraiga. Un músico de jazz actuará dentro de un rato. ¿Qué le apetece?

—Whisky de malta. Un Maclellan —dijo él.

Ella alzó las cejas, por el precio, y asintió.

—Una elección excelente para una noche dura o para una celebración. ¿Quiere algo de picar?

–No, gracias. Hoy hay mucho barullo –comentó, indicando una gran mesa que había en el centro de la sala–. Será por la nieve.

Ella miró la cortina cerrada con desconsuelo.

–He estado tan ocupada desde que llegué, que no me había dado cuenta. Oí el pronóstico, pero es raro que nieve por aquí. No tiene pinta de cuajar ¿verdad? –lo miró esperanzada.

–Ya ha cuajado –movió la cabeza–. Dentro de una hora las carreteras estarán cubiertas.

–Fantástico. A mi cochecito le va a encantar el viaje de vuelta a casa.

–¿Qué conduces? –preguntó él, curioso.

–Un escarabajo, Volkswagen.

–Supongo que es mejor que una moto –rió él.

–Gracias por animarme. Enseguida traeré el whisky –fue a la barra y volvió con el vaso en la bandeja, esquivando a la gente. No quería derramar ni una gota. A cincuenta dólares la copa, habría sido un pecado.

Se preguntó a qué se debía el dolor que había percibido en los oscuros ojos de su cliente. Era un hombre que emanaba seguridad y una especie de electricidad dinámica que había conseguido sacarla de su ensimismamiento del último mes.

–Aquí tiene –dejó el vaso en la mesa. Sus miradas se encontraron y ella sintió un extraño chisporroteo. Parpadeó, preguntándose a qué se debía. Creía que ya había superado esas cosas.

Lo observó llevarse el vaso a los labios y tomar un sorbo. Tenía una boca sensual y firme. Sintió un curioso ardor en sus propios labios.

–Gracias –dijo él.

Ella asintió, transpuesta.

–Eh, nena –llamó una voz a su espalda–. Queremos otra ronda.

–Tengo que irme. ¿Quiere algo más?

–Agua, cuando puedas. Muchas gracias, Bella –dijo. Su tono de voz hizo que a ella le diera un vuelco el estómago.

–Caramba –susurró para sí, deseando saber su nombre. A juzgar por su reacción, se diría que era ella la que estaba bebiendo whisky. Movió la cabeza y se concentró en el resto de sus clientes.

Otro callejón sin salida. A veces le parecía que la maldición de su vida era no encontrar a su hermano. Demasiado inquieto para soportar el silencio de su lujosa casa, Michael Medici se había refugiado en el popular restaurante bar, uno de los muchos de los que era propietario en Atlanta.

Michael solía necesitar silencio al final del día, pero esa noche era distinta. El jaleo de la gente joven apagaba la frustración y el dolor que bullían en su interior.

Pasó la hora siguiente permitiéndose el lujo de observar a Bella. Tras el decepcionante informe del detective privado, necesitaba distraerse. Se preguntó si alguna vez llegaría a saber qué le había ocurrido a su hermano tantos años atrás. O si seguiría en el limbo el resto de su vida.

Intentando olvidar su frustración, observó a Bella, disfrutando de cómo se mordía el labio cuando sus miradas se encontraban. Consciente de la química que había entre ellos, se planteó llevársela a casa esa noche. Algunas personas lo habrían considerado arrogante, dado que apenas la conocía, pero Michael solía conseguir lo que quería en los negocios y con el sexo opuesto.

Deslizó la mirada por su curvilíneo cuerpo. El uniforme, consistente en una blusa blanca, falda negra y medias, permitía admirar unos pechos generosos, cintura estrecha y caderas atractivas. Y tampoco tenía malas piernas.

Ella puso otro vaso de agua en su mesa.

–¿Qué tal te va aquí? –preguntó él.

–Bien de momento –buscó su mirada–. Llevo un año fuera del país. Estoy acostumbrándome a eso de ser una chica americana del montón.

–A mí no me pareces del montón. ¿Qué hiciste fuera del país, si no es indiscreción?

–Ayuda humanitaria.

–Ah –asintió. Una chica buena. Quizá eso justificara esa especie de aura extraterrenal–. ¿Cómo va la transición?

–Con muchos baches –sonrió y él sintió un increíble cosquilleo en el estómago.

No era su costumbre ligar con camareras, y menos cuando el negocio era suyo, pero ésa lo intrigaba. Se preguntó si era de esas mujeres a las que impresionaba su riqueza. Sólo por diversión, decidió mantener el anonimato. Le gustaba no tener que ver símbolos de dólar en los ojos de las mujeres. Aparecía con tanta frecuencia en las revistas de Atlanta que casi todo el mundo sabía demasiado sobre él. O, al menos, sobre sus negocios y su éxito.

–No veo una alianza en tu dedo, Bella.

–Cierto, no la hay –corroboró ella con un deje de tristeza.

–¿Quieres que te lleve a tu casa? Creo que mi todoterreno es más adecuado para la nieve.

Ella, sorprendida, ensanchó los ojos, y titubeó.

–No debo confraternizar con los clientes –dijo, con voz indecisa.

–Cuando salgamos por la puerta, ya no seré un cliente –apuntó él, que conocía el reglamento.

–Ni siquiera sé cómo se llama –arguyó ella, tentada pero insegura.

–Michael. Me quedaré un rato más –dijo, divertido porque hubiera estado a punto de rechazarlo. No recordaba la última vez que le había ocurrido eso.

Poco después, vio que un hombre se inclinaba hacia ella. Bella dio un paso atrás y el hombre se levantó. Michael frunció el ceño. Él hombre la agarró y la atrajo hacia sí.

–Vamos, nena, eres puro fuego. Y afuera hace mucho frío... –bajó la mano hasta su trasero.

Michael se levantó, fue hacia ellos y apartó al hombre, obligándolo a sentarse.

–Creo que ha bebido demasiado –miró a su alrededor y vio al jefe del bar, Jim. Hizo un gesto con la cabeza. Jim llegó un segundo después.

–Yo me ocuparé de esto, señor...

Michael lo acalló con otro gesto.

–Gracias. Puede que su empleada necesite un respiro.

–Tómate el resto de la noche libre –le dijo Jim a Bella.

–Yo... –Bella, pálida, titubeó.

–Te llevaré donde quieras –dijo Michael–. A un sitio más tranquilo, si te apetece.

Ella lo miró a los ojos con confianza.

–De acuerdo –asintió.

Hora y media después, Bella le había contado la mitad de su vida al atractivo artífice de su rescate. Le había contado que había sido criada por su tía Charlotte e incluso había mencionado, de pasada, un fracaso amoroso. Cada vez que pensaba en Stephen sentía una punzada de pérdida. Sabía que nunca se sobrepondría. Pero lo peor de todo eran sus remordimientos por no haber estado con su tía mientras recibía el tratamiento contra el cáncer.

Aunque no había dicho nombres, había revelado demasiado.

–No he parado de hablar –dijo, tapándose la cara–. Y ni siquiera puedo culpar al alcohol; después del primer licor, he bebido agua. Ya has oído demasiado de mí. Te toca. Dime por qué este día ha sido tan horrible para ti.

–No estoy de acuerdo en lo haber oído demasiado –dijo él con una media sonrisa.

Bella pensó que su rostro y su boca merecían ser tallados en mármol y expuestos en un museo. Miró sus anchos hombros y su figura. «Tal vez el resto de su cuerpo también», pensó.

–Eres muy amable. Pero sigue siendo tu turno.

–No suelen describirme como amable –soltó una risita–. Pero si insistes... –alzó su vaso y tomó un sorbo de agua.

–Insisto.

–Mis padres murieron cuando era pequeño, así que no me criaron ellos. Tenemos eso en común.

–¿Quién te crió?

–No tuve la suerte de tener una tía Charlotte, pero no hace falta que me compadezcas.

–Ah –escrutó su rostro y vio en él una interesante combinación de fuerza y sensatez–. Sin embargo, sería difícil, ¿no?

–Lo fue –admitió él–. Un accidente desgajó a mi familia.

–Eso es horrible –musitó ella, sin atreverse a preguntar más.

–Sí. No dejo de preguntarme si podría haber hecho algo…

Siguió un silencio y Bella sintió una oleada de comprensión. Lo entendía demasiado bien. Puso la mano encima de la suya con gentileza.

–Te sientes culpable ¿verdad?

–Todos los días –miró su mano y calló–. Supongo que no es más que un deseo de…

–Lo entiendo –musitó ella.

–No sólo eres una belleza, además eres intuitiva –pasó el pulgar por el dorso de su mano.

Bella nunca se habría definido como una belleza. De hecho, sólo recordaba que una persona la había llamado así: Stephen. El recuerdo le provocó un nudo en el estómago. Ya no volvería a hacerlo; estaba enamorado de otra.

–Vuelves a ser demasiado amable.

–En eso te confundes. Sospecho que la amable eres tú. Me cuesta creer que no tengas que quitarte a los hombres de encima a manotazos.

–Eso es adulación. A no ser que cuentes a los que se han pasado bebiendo en el bar.

Bella sabía que tenía un aspecto inusual. El contraste entre su pelo oscuro, ojos intensos y tez pálida atraía las miradas, pero pensaba que eran más de curiosidad que de admiración.

—Me gustaría pasar más tiempo contigo –dijo él con una mirada oscura y seductora.

—No estoy en un buen momento emocional para una relación –afirmó Bella, aunque su corazón, que creía muerto, había dado un bote.

—No sugería algo serio. Lo único que necesitamos tomarnos en serio es nuestro placer.

—¿Un revolcón de una noche? –inquirió ella, sorprendiéndose por no haberlo rechazado de plano. Nunca había aceptado una propuesta como ésa. Había entregado el corazón hasta perderlo. Michael no sugería nada tan doloroso, era un alivio.

—Depende de lo que queramos cuando acabe la noche. Tenemos cosas en común. Podría hacerte olvidar tus problemas un rato. Y creo que tú a mí.

Era demasiado tentador. Era un hombre fuerte, pero había intuido su humanidad y se sentía conectada con él. Una conexión vivificante.

—Ni siquiera sé tu nombre completo –tomó un sorbo de agua, tenía la garganta seca.

—Michael Medici –dijo él con una sonrisa–. Podrías buscarme en Internet, pero no encontrarías nada sobre mí. Y estaríamos perdiendo tiempo. Si necesitas referencias mías, llama a tu jefe. Él me conoce.

Capítulo Uno

Bella se despertó al amanecer. Estaba cubierta por las sábanas de algodón más suaves del mundo y envuelta en los fuertes brazos del hombre que le había hecho el amor casi toda la noche.

Se le encogió el corazón al comprender que había dormido con un desconocido. No sabía qué la había poseído. O no se había recuperado de la ruptura con su ex prometido, o necesitaba olvidar la culpabilidad que sentía por no haber estado con su tía cuando más la había necesitado.

Parpadeó varias veces y volvió a cerrar los ojos. Había sido muy fácil aceptar la oferta de Michael Medici de llevarla a casa y hacer una parada en un bar acogedor. Pero había acabado en su cama sin saber muy bien cómo.

Tomó aire y sintió la necesidad de huir. Había cometido un grave error. Ella no era de esa clase de mujeres. Milímetro a milímetro, se movió hasta el borde de la cama y bajó los pies al suelo.

–¿Adónde vas? –preguntó Michael.

Ella volvió la cabeza y se le secó la garganta al ver que la sábana sólo lo cubría de cintura para abajo. Estaba apoyado en un antebrazo y sus hombros y pecho parecían muy fuertes. Se obligó a mirarlo y vio lo que la había atraído desde el principio: ojos oscuros que brillaban con seguridad y atención. Ella había acariciado su pelo oscuro y rizado y, de inmediato, la boca de él había capturado la suya con pasión sorprendente.

–Acabo de recordar que tengo una entrevista de trabajo –carraspeó–. Tengo que irme.

–¿No cancelarán la entrevista por la tormenta de nieve?

–Bueno, eso no se sabe –arguyó ella, animosa–. Es mejor estar preparada. No hace falta que te levantes. Llamaré a un taxi.

–No encontrarás uno con este tiempo –se rió y bajó de la cama–. Te llevaré.

–No hace falta, de verdad –desvió la mirada.

–Insisto –sentenció él, tajante.

–Pero ¿y mi coche?

–Pediré a mi chófer que lo lleve a tu casa.

Una hora después, Michael aparcaba ante el complejo de apartamentos donde vivía Bella. Ella suspiró con alivio. Llevaba todo el viaje fustigándose por el enorme error que había cometido. Tenía que estar al pie del cañón para su tía. Se negaba a ser como su madre: irresponsable y despreocupada respecto a las necesidades de los demás.

–¿Es este edificio? –preguntó Michael.

–Sí –dijo ella, con la mano en puerta–. Te agradezco que me hayas traído. Has sido muy amable.

–Me gustaría volver a verte –dijo él.

Si ella fuera otra persona, si tuviera menos responsabilidades, si no siguiera enamorada de un hombre al que no podía tener… demasiados «si».

–No es buena idea –negó con la cabeza–. No tendría que haber… –calló y se aclaró la garganta. Era una situación de lo más incómoda.

–¿No te ha gustado estar en mi cama? –fue casi más un reto que una pregunta.

–No he dicho eso –tragó aire–. Es que ahora estoy muy liada. Estar contigo me confundiría.

–No tiene por qué –dijo él–. Es sencillo: yo satisfago tus necesidades y tú las mías.

Ella dejó escapar una risita nerviosa. Nada sería sencillo con ese hombre, era indudable.

–Hum... –movió la cabeza–. Gracias por traerme.

Bella corrió a su apartamento y cerró la puerta a su espalda. Inspiró profundamente varias veces, aún incapaz de creer que había pasado la noche con un hombre a quien apenas conocía.

Miró el reloj. Aún era temprano para la habitual llamada matutina a su tía Charlotte. Se dio una ducha y dejó que el agua caliente la liberara del estrés y la calentara de fuera adentro.

Después se vistió y, tras comprobar la hora, marcó el número de su tía. El timbre sonó varias veces y a Bella la inquietó que tardase en contestar.

Su tía se estaba recuperando de un cáncer de mama tras un año de horrible tratamiento. Un año en el que Bella había estado lejos, persiguiendo su sueño. Deseó que Charlotte no le hubiera ocultado su enfermedad; habría podido perderla.

–Hola –dijo su tía, con voz adormilada.

–Ay, te he despertado –gimió Bella.

–No –Charlotte suspiró–. Bueno, sí. El salón de belleza está cerrado hoy.

–Así que tienes el día libre –exclamó Bella, encantada con que su tía pudiera descansar.

–Sin paga –refunfuñó Charlotte.

–¿Puedo llevarte algo? ¿Sopa, sándwiches, café, té verde…?

–Ni se te ocurra. No quiero que conduzcas con este tiempo. Tengo comida de sobra. Tal vez haga algo decadente, como quedarme en la cama y ver la televisión.

–Prométeme que comerás algo.

–Pareces una madre –rezongó Charlotte.

–Tengo que compensar el tiempo perdido.

–Cielo, ¡deja ya eso! Sobreviví.

–Pero perdiste algo importante para ti –dijo Bella. El sueño de Charlotte había sido tener una cadena de spas en Atlanta; iba bien hasta que la enfermedad y el tratamiento le robaron la energía.

–Sí, pero podría ser peor. Me está volviendo a crecer el pelo, igual me lo tiño de rosa –se rió–. Por cierto, he descubierto quién le compró el spa al banco. Una clienta del salón de belleza comentó que fue un empresario de altos vuelos, conocido por comprar y vender empresas al borde de la quiebra.

–Vamos, que no tiene nada de príncipe azul –Bella hizo una mueca de desagrado.

–Pues no sé –dijo su tía–. La cliente dijo que el tipo está «cañón». No sé nada de él, pero es muy conocido en la zona. Se llama Michael Medici.

Capítulo Dos

Tres semanas después, Bella entró en Empresas Medici con la frágil esperanza de que Michael Medici tuviera un ápice de compasión por su tía Charlotte. Sabía que jugaba con la baraja en contra, pero tenía que intentarlo. Por una ironía del destino, la empresa de Michael había comprado la de su tía antes de que Bella lo conociera. Era famoso por adquirir empresas fracasadas e insuflarles vida o dividirlas en otras más pequeñas, siempre con beneficio para él.

Sus tacones resonaron en las losetas del suelo. Vestida de negro de pies a cabeza, podría ir vestida para un funeral, pero se había vestido para el éxito. Más que nada, necesitaba que Michael la tomara en serio. En el ascensor, con los nervios a flor de piel, ensayó su petición por enésima vez. Luego caminó por el pasillo hasta su despacho.

–¿Puedo ayudarla? –preguntó una joven que estaba sentada tras un escritorio.

–Soy Bella St. Clair. Tengo una cita con el señor Medici –dijo.

–Por favor, siéntese. La atenderá enseguida.

Bella se sentó al borde de la silla, se desabrochó el abrigo y miró a su alrededor. Había revistas de negocios sobre la mesita de cerezo. Espejos y obras de arte originales decoraban las paredes color crema. Le llamó la atención un gran acuario lleno de peces de vivos colores y se preguntó si habría alguno de la familia de los tiburones y si Michael seguía su ejemplo.

Intentó tranquilizarse, era su oportunidad de compensar a Charlotte por no haber estado con ella cuando más la necesitaba. Su tía la había apoyado en su decisión de pasar un año en Europa trabajando en una ONG, y le había ocultado su enfermedad hasta su regreso a Estados Unidos.

–Puede entrar –dijo la recepcionista, devolviendo a Bella a la realidad.

–Gracias –se levantó con una sonrisa, cuadró los hombros y abrió la puerta del despacho.

Michael estaba frente a un gran ventanal y verlo contra el cielo azul, imponente, la impresionó. Sus ojos le parecieron más fríos que la última vez que lo había visto.

Se mordió el interior del carrillo. Su frialdad era lógica; ella había rechazado su sugerencia de que siguieran con la aventura. Ya era una suerte que hubiera accedido a verla. Si hablaba con él, tal vez conseguiría que aceptara su propuesta.

–Bella –dijo él, con la voz aterciopelada que ella recordaba tan bien–. ¿Qué te trae por aquí?

–Me doy cuenta de que compartimos una experiencia inusual hace unas semanas –empezó ella–. Primer paso: dejar el pasado atrás.

–En absoluto –intervino él con un brillo burlón en los ojos–. Tengo entendido que ocurre a diario, en todo el mundo.

–No exactamente como… –carraspeó, ruborosa–. Dejando de lado esa noche, me gustaría hacerte una propuesta de negocios.

Él enarcó una ceja, sorprendido, y se apoyó en el borde del escritorio.

–¿Una propuesta de negocios? Siéntate –indicó, señalando uno de los sillones de cuero.

Al acercarse, captó el olor de su colonia y lo recordó desnudo en la cama, con ella.

–Hay mucho que no sabemos el uno del otro, pero sí te dije que mi tía Charlotte había tenido problemas de salud y estaba pasando por un bache en el tema profesional –se obligó a decir.

Él asintió en silencio.

–No te dije que mientras yo estaba fuera le diagnosticaron un cáncer –siguió ella, deseando que no fuera tan guapo y atractivo–. Me lo ocultó para que no volviese. El tratamiento la debilitó mucho. Está mejor, pero durante esos meses no pudo ocuparse de su empresa y la perdió.

–Lamento oír eso –dijo Michael.

–Gracias –su compasión la tranquilizó–. Esto ha sido muy duro para ella, y está cayendo en una depresión. Tras investigar un poco, he descubierto que fuiste tú quien compró su empresa al banco.

–¿De qué empresa hablas? –ladeó la cabeza y arrugó la frente.

–Spas –le aclaró–. Spas Charlotte.

–Ya –dijo él, recordando–. Tenía tres. Voy a reformar los edificios y venderlos. Uno de ellos es perfecto para la franquicia de una pizzería.

–Pizzería –repitió ella, desolada por la idea–. Vengo a proponerte que nos concedas un crédito para que recuperemos la empresa; te pagaríamos un porcentaje de los beneficios.

–Pero ahora no hay ningún beneficio –arguyó él, tras un momento de silencio.

–Obviamente, eso cambiará. La quiebra se debió, únicamente, al problema de salud de mi tía.

–¿Y qué utilizarías como aval para el crédito?

–No tenemos nada tangible, pero lo importante es que mi tía y yo estaríamos dispuestas a trabajar día y noche para que el asunto funcione.

–¿De verdad crees que, en su estado de salud, podrá trabajar día y noche? –cuestionó él.

–Necesita un objetivo –se mordió el labio–. Tiene la sensación de haberlo perdido todo –suspiró–. No, no la dejaría trabajar día y noche, pero yo sí podría hacerlo. Soy joven y fuerte.

–Así que me estás pidiendo que apueste por ti y por tu compromiso. ¿Traes un currículo?

Bella pensó, con resentimiento, que era tan frío como el hielo. Sólo revelaba sus pensamientos cuando quería; sin duda ésa era la clave de su éxito. Pensó en todos los trabajos que había tenido que realizar para pagarse los estudios y se le cayó el alma a los pies. Le entregó un sobre que contenía su plan de negocio y su currículo.

–Como verás, soy estilista titulada y estoy diplomada en comunicación.

Él echó un vistazo al documento.

–Si estás tan interesada en los spas de tu tía, ¿por qué fuiste a la universidad? Ya estabas titulada como estilista.

–Mi tía y yo estuvimos de acuerdo en que me convenía tener educación universitaria.

Él asintió y siguió mirando los documentos. Se frotó la barbilla, pensativo.

–Me pondré en contacto contigo –dijo.

***

Michael observó a Bella salir del despacho. La maldijo por lo bajo cuando cerró la puerta. No había dejado de pensar en ella desde que estuvo en su cama. Y ella lo había rechazado después de hacer el amor de forma salvaje y apasionada.

Rió para sí con amargura. No había sido amor, sino sexo del mejor. Había percibido en ella una desesperación similar a la suya. La había encontrado tan ardiente que era como si hubiera quemado sus manos, su cuerpo...

Hizo una mueca de desagrado, preguntándose por qué la deseaba tanto. Solía cansarse muy pronto de sus amantes. Pero tras una noche con ella había sabido que quería más. Necesitaba más.

Tenía que sacársela del cuerpo y de la cabeza. El que lo hubiera rechazado seguramente era lo que había añadido leña al fuego.

Pulsó el botón del intercomunicador.

–Llama a mi investigador. Quiero un informe del historial económico y penal de Charlotte Ambrose y Bella St. Clair. Para mañana –dijo. No sabía por qué estaba considerando la petición de Bella. Nunca permitía que lo emocional influyera en sus decisiones empresariales, era una de las claves de su éxito. Pero le parecía un reto levantar el negocio de Charlotte, si era posible, él sabría conseguirlo.

Su BlackBerry zumbó y miró la pantalla. Era su hermano Rafe, propietario de una empresa naviera, que vivía en Miami. Aceptó la llamada.

–¿Rafe? ¿Cómo estás? No demasiado ocupado, o no me llamarías.

Todos los Medici eran adictos al trabajo. Ser entregados a distintas familias de acogida, tras la muerte de sus padres, había fomentado en ellos una sed insaciable de éxito y control.

–Nada de eso. Me casé hace sólo unas semanas, ¿recuerdas? –dijo Rafe.

–Sí. Y me sorprendió. Nicole no parecía estar por la labor –a Michael seguía asombrándolo que la tutora legal del hijo de Rafe hubiera aceptado su propuesta de matrimonio tan rápidamente.

–Tengo más noticias –dijo Rafe.

–¿Sí? –Michael deseó que Rafe tuviera noticias sobre Leo, el hermano desaparecido.

–Vas a ser tío otra vez –dijo Rafe con júbilo.

Michael, decepcionado, porque pensaba en su hermano Leo a diario, aunque hiciera veinte años que no lo veía, no pudo contener una sonrisa.

–¿Tan rápido?

–Hay cosas que están predestinadas.

–¿Y qué opina Nicole al respecto?

–Aparte de las náuseas, está encantada.

–¿Y Joel? –preguntó Michael, pensando en el hijo de Rafe.

–Aún no lo sabe. Esperaremos a que se note para decírselo. Queremos que vengas a visitarnos.

–Tengo mucho trabajo –Michael movió la cabeza–. Montones de compras y ventas en marcha.

–¿Sí? Bueno, he contratado a un detective para que encuentre datos sobre tía Emilia.

–Yo también –dijo Michael. Empezó a pasear por la habitación. Su tía Emilia vivía en Italia y recientemente había enviado fotos y una extraña carta a Rafe–. Aún no tengo nada. Le he pedido a un detective que lleva toda la vida en Filadelfia que busque datos sobre Leo. Tal vez un nativo de la zona encuentre algo que nosotros somos incapaces de ver.

–Puede que merezca la pena probar –dijo Rafe, pero Michael captó el escepticismo de su voz.

–Tengo que intentarlo.

–Algún día tendrás que dejar de sentirte culpable. Eras un niño cuando papá y Leo hicieron ese viaje en tren. No podías saber que habría un accidente, ni que ambos morirían.

–Es fácil decirlo –masculló Michael. El remordimiento le atenazaba el corazón–. Tendría que haber sido yo, pero Leo fue en mi lugar. Lo menos que puedo hacer, si realmente murió, es ofrecerle un entierro digno.

–Sí alguien puede conseguirlo, ése eres tú.

–Gracias –Michael se mesó el cabello.

–A lo que iba, Damien ha decidido hacernos una visita. Si él viene desde Las Vegas, lo menos que puedes hacer es acercarte tú también. No aceptaré un no por respuesta –dijo Rafe, rotundo.

–Vale. Mantenme informado –aceptó Michael.

–Lo haré. Cuídate, hermano.

Dos días después, Michael pidió a su secretaria que concertara otra cita con Bella. Ella apareció en su despacho al día siguiente. Vestía de negro otra vez, como si estuviera de luto.

Sus ojos, de un sorprendente tono violeta, lo miraron con una mezcla de reticencia, esperanza y desesperación.

Michael había decidido ayudarlas sólo si Charlotte y Bella aceptaban hacer las cosas a su manera. Sabía, por experiencia, que muchos negocios fracasaban porque sus propietarios se aferraban a sus ideas, aunque no tuvieran éxito.

–Siéntate –dijo, apoyándose en el escritorio.

Ella se sentó al borde del sillón y alzó la barbilla con coraje. A él le gustó el gesto. Sabía que tal vez lo odiara cuando acabase la reunión.

–Hay una posibilidad de que el asunto funcione, pero será costoso para tu tía y para ti. O lo hacemos a mi manera, o no entraré en el juego.

Bella se mordió el labio inferior. Él pensó que era una crueldad, su boca era demasiado bonita. El color rosa púrpura contrastaba con el tono marfil de su piel. Eran unos labios sexuales, sin paliativos, y cuando se los lamía…

–¿Y cuál es tu manera? –preguntó ella.

–Empezar con un centro y hacerlo bien.

–Pero Charlotte tenía tres…

–Y está en recuperación de la quimioterapia.

–Sí. Sigue –tomó aire y frunció los labios.

–Tal y como está la economía, la gente quiere lujo con descuentos.

–Pero hay que pagar por un buen servicio…

–Sí, pero la gente necesita sentirse como si no estuviera gastando demasiado en caprichos –abrió una carpeta–. He investigado la estrategia de negocio de varios spas de éxito. Hay que centrarse en los servicios puntuales y en los descuentos por volumen de compra. Por ejemplo, tratamientos faciales, bonos de masajes o diez pedicuras al precio de nueve. A cambio, se ofrece un servicio de calidad, pero más breve.

–Suena a comida rápida –arguyó ella, curvando su bonito labio con un mohín.

–Exacto –corroboró él–. A la gente le resulta más

fácil justificar la comida rápida que el solomillo. El solomillo implica un compromiso.

Ella se pasó los dedos por el pelo, nerviosa.

–No sé si Charlotte aceptará eso.

–No es negociable –afirmó él. Era experto en separar el grano de la paja–. Ya estoy incumpliendo mis normas al hacer esta oferta.

–¿En qué sentido? –parpadeó con sorpresa.

–Si alguien pierde su negocio, no es lo bastante bueno para que yo le ofrezca una segunda oportunidad.

–¿Aunque fuera por una enfermedad? –Bella abrió los ojos de par en par.

–Fuera por la razón que fuera. Cuando alguien no puede cumplir con sus responsabilidades, debe contar con alguien que pueda hacerlo. Cualquiera que no sea un superhéroe, necesita respaldo.

–¿Y tú? ¿Quién te respalda? ¿O acaso eres un superhéroe? –le lanzó ella, mirándolo a los ojos.

–Si tuviera algún imprevisto, mi abogado me sustituiría –replicó él, divertido por su audacia.

–Seguro que le pagas muy bien.

–Desde luego que sí.

–No todo el mundo puede permitirse ese lujo.

–No es un lujo. Es una necesidad. Y algo que exigiré como parte del nuevo plan de empresa.

–Yo soy su respaldo –alzó la barbilla, desafiante–. Asunto arreglado.

–En este caso, exijo un respaldo adicional.

–¿Por qué? Tengo experiencia, soy de fiar y estoy comprometida al cien por cien.

–Tengo otra tarea para ti –estudió su rostro. La noche que habían pasado juntos estaba grabada a fuego en su mente. Su efecto sobre él era un misterio que tenía que solventar para ser libre.

–¿Cuál? Para mí, nada es más importante que ayudar a mi tía.

–Podrás ayudarla, no pido dedicación a tiempo completo. Pero, como parte del trato, seguiremos con la aventura que iniciamos hace un mes.

–Bromeas, ¿verdad? –lo miró boquiabierta.

–Ya te dije que esto sería costoso para ti y para tu tía. ¿Puedes decirme, sinceramente, que no disfrutaste de la noche que compartimos?

Roja como la grana, Bella desvió la mirada.

–Tú y yo tenemos mucho en común y se traduce en algo físico –apuntó–. Yo te daré algo que necesitas y tú a mí algo que deseo –él nunca admitiría necesidad. Odiaba ser vulnerable.

–Me sentiría como una prostituta –musitó ella.

–Sobra el melodrama –dijo él, seco–. Te deseo, y tú a mí. Puedo ayudar a tu tía, pero quiero algo a cambio. ¿Qué tiene eso de malo?

Las pestañas oscuras de ella aletearon como un misterioso abanico. Luego lo miró.

–¿Qué tiene eso de malo? Todo.

Capítulo Tres

–Piénsatelo –rezongó Bella, repitiendo las palabras de despedida de Michael. Se sentía tan frustrada que habría podido gritar. De hecho, acababa de hacerlo, en la intimidad de su «escarabajo» Volkswagen.

Al ver su cafetería favorita, aparcó y entró. El olor a café y bollería era tan intenso que se le hizo la boca agua. Un segundo después, sintió una intensa punzada de nostalgia. Stephen, su ex prometido, y ella habían pasado muchas horas allí. Echó un vistazo a su mesa favorita, en el rincón y junto a la ventana, perfecta para cuando habían hablado sobre el futuro que compartirían.

El dolor del que había intentado escabullirse traspasó sus defensas. Durante su estancia en Europa, Bella no sólo le había fallado a su tía Charlotte cuando más la necesitaba, también había perdido al único hombre al que había amado.

Rechazó la sensación de pérdida y decidió que era el momento perfecto para una magdalena y un café con leche. Se sentó junto a la ventana.

Michael había hecho una oferta imposible. Aunque había sabido que no sería fácil que le diera una segunda oportunidad a su tía, había estado segura de que no querría nada más con ella. Primero, porque lo había rechazado tras pasar una noche con él. Segundo porque le costaba creer que siguiera interesado. Un hombre como Michael podía conseguir a cualquier mujer que deseara. No tenía sentido que la buscara a ella.

Habría mentido si dijera que no había pensado en la tórrida noche que habían compartido, estaba grabada en su memoria. Pero sabía que había sido un error. Aunque su cuerpo hubiera respondido a Michael, su corazón aún pertenecía a Stephen.

El estrés provocado por la distancia había sido excesivo. Stephen se había sentido muy solo y perder su trabajo había sido la gota que colmó el vaso. La había llamado un día, con la voz ronca de remordimiento, para decirle que no había pretendido enamorarse de otra persona y había luchado contra ello. Pero necesitaba a una mujer que lo necesitara tanto como él a ella.

Así que Bella no sólo le había fallado a su tía, sino también al amor de su vida. Sintió un sabor amargo en la boca. Se había jurado no parecerse a su madre, que había tenido fama de desaparecer en los momentos difíciles y, de hecho, la había dejado en manos de Charlotte. Bella, que se negaba a ser una persona con la que no se pudiera contar, había fallado a quienes más quería.

Abrumada por su decepción consigo misma, cerró los ojos e inspiró profundamente. Tenía que ayudar a tía Charlotte, habría alguna otra forma...

–Bella –dijo una conocida voz masculina. Abrió los ojos y se le encogió el corazón al ver a Stephen con una bonita mujer rubia.

–Stephen –dijo, pensando que él y la mujer se parecían mucho. Ambos eran rubios y con ojos azules. Y resplandecían de amor. Se le hizo un nudo en la garganta–. Me alegro de verte.

–Bella, te presento a Britney Kensington. Es... –su voz se apagó.
–Encantada de conocerte, Britney –dijo Bella, intentando ocultar su incomodidad.

Britney sonrió abiertamente y Bella supuso que la mujer no tenía ni idea de que Stephen y ella habían tenido una relación sentimental.

–Lo mismo digo. Stephen intentaba decirte que soy su prometida –alzo la mano izquierda y le mostró un anillo de diamantes.

–Es un anillo precioso –Bella se aclaró la garganta–. Enhorabuena a los dos –miró su reloj–. Vaya, no sabía que era tan tarde, tengo que irme. Me ha alegrado veros –se puso el abrigo y tiró el resto de la magdalena a la papelera.

–Bella –el rostro de Stephen expresaba preocupación–. ¿Cómo está tu tía?

–Cada día más fuerte. Ha acabado el tratamiento y todo va muy bien.

–Dale recuerdos de mi parte, por favor.

–Gracias. Lo haré. Adiós –forzó una sonrisa amistosa y salió de la cafetería.

Bella pasó el resto de la mañana y la tarde trabajando como camarera en el restaurante. Aunque era un local muy popular, no hubo mucha clientela a la hora del almuerzo y eso le permitió seguir dándole vueltas a la situación de su tía.

Después de trabajar, compró sopa de pollo y un sándwich para llevárselos a Charlotte. Cuando entró en la pequeña y acogedora casa, la encontró sentada en el sofá ante la televisión, con los ojos cerrados.

Charlotte aún llevaba puestos los zapatos y la bata

negra que utilizaba en su trabajo como estilista. Su pelo, que antes había cambiado de color y estilo a menudo, era una pelusilla castaño grisáceo, que apenas le cubría el cráneo. A pesar del maquillaje, se veían sombras violáceas bajo sus ojos.

Agitó las pestañas y sonrió a Bella.

–Vaya. Has vuelto a traerme comida. Quieres que me ponga gorda –se quejó; dio una palmadita al sofá para que Bella se sentase.

–Así no tendrás que prepararla, sólo cómetela. ¿Quieres comer aquí o en la cocina?

–Aquí está bien –dijo Charlotte.

–¿Qué te apetece beber? –preguntó Bella.

–Iré yo –Charlotte empezó a levantarse.

–Yo ya estoy de pie –arguyó Bella–. ¿Agua, un refresco, té?

–Té caliente –Charlotte movió la cabeza–. Me mimas demasiado.

–Nada de eso –dijo Bella, poniendo el agua a hervir en la cocina–. Si hubiera sabido por lo que estabas pasando habría venido a ayudarte.

–Necesitabas ese viaje. Te lo habías ganado. Puedo cuidarme yo solita –insistió Charlotte. Bella regresó con una taza de té.

–Te habría facilitado las cosas –Bella se sentó junto a la mujer que la había criado–. Podría haber ayudado con la empresa.

–Bueno, sobreestimé mi energía –Charlotte suspiró–, perder los spas ha sido un mal trago. Pero hice lo que pude. Tienes que dejar de sentirte responsable de cosas que no puedes controlar.

–Pero...

–En serio –Charlotte la miró con cariño–. No puedes

pasarte la vida intentando ser el polo opuesto a tu madre. Has trabajado duro, te has licenciado en la universidad y has hecho trabajo humanitario al otro lado del océano. Es hora de que disfrutes de la vida y hagas lo que quieres hacer. Tienes que dejar de preocuparte por mí.

Bella se mordió la lengua, pero nada de lo que dijo su tía hizo que se sintiera menos responsable. No era justo que Bella hubiera vivido su sueño mientras su tía perdía el suyo. Si encontraba la manera de compensar a Charlotte, lo haría.

Incapaz de dormir, Bella se devanó los sesos buscando posibilidades. Había solicitado ayuda en distintos bancos, sin éxito. Su única esperanza era Michael Medici.

Pensar en él le provocaba escalofríos. Aun así, llamó a su secretaria para pedir una cita. Por suerte, o por desgracia, Michael podía verla esa tarde. Le venía un poco ajustado de tiempo, ya que tenía turno de tarde en el restaurante, pero sabía que tenía que actuar cuanto antes para no dar marcha atrás en su decisión.

Armándose de valor, entró en su despacho. Él se puso en pie y ella lo miró a los ojos.

–Acepto el trato –tenía el corazón desbocado.

Él alzó una ceja y asintió.

–Con condiciones –añadió ella.

–¿Qué condiciones? –inquirió él con voz aterciopelada.

–Que pongamos límite de tiempo a nuestra... –buscó la palabra adecuada–... relación.

–De acuerdo. Un año. Después de ese tiempo, podemos decidir si queremos seguir juntos.

–Y mi tía nunca jamás sabrá que accedí a hacer esto para que recuperara su empresa.

–Tienes mi palabra.

Ella quería algo más que su palabra. Quería un documento firmado con sangre, preferiblemente la de él. Su expresión debió de delatar sus dudas, porque él soltó una risita cínica.

–Pronto comprobarás que puedes fiarte de mi palabra.

–Hay otras cosas que tenemos que concretar. ¿Va a ser algo secreto? ¿Tendremos que simular que no somos más que conocidos?

–Eso podemos negociarlo después. Pero sí espero que estés conmigo en exclusiva.

–¿Y qué me dices de ti?

–Según nuestra experiencia en la cama –alzó las cejas y la miró de arriba abajo–, creo que tú bastarás para satisfacer mi apetito sexual.

Bella sintió una sorprendente oleada de calor. No entendía que el hombre la excitara tanto sin tocarla siquiera. Miró su reloj y carraspeó.

–De acuerdo, creo que lo básico está claro. Tengo que irme a trabajar.

–Puedes dejar el restaurante –dijo él sin pestañear.

–No, no puedo. Necesito el dinero extra para ayudar a mi tía.

–No, no. Ya estarás muy ocupada ayudándola en el spa. Tus noches me pertenecen.

Tres días después, Michael estaba trabajando hasta tarde, como era habitual, cuando sonó su móvil. Vio que era Bella y contestó.

–Esto es una sorpresa –dijo.

–He salido más temprano. Llevaba unos días con turno de noche –titubeó medio segundo–. He presentado mi dimisión.

–¿Dónde estás?

–En el aparcamiento de tu edificio de oficinas.

–Estaré abajo en un par de minutos –dijo.

Apagó el ordenador y bajó la escalera con una sensación trepidante. No sabía por qué lo afectaba tanto esa mujer, pero había decidido no pensar y disfrutarlo. Disfrutar de cada centímetro de ella.

Salió del edificio y vio el parpadeo de las luces del Volkswagen. Abrió la puerta y se concedió el lujo de mirarla de pies a cabeza. Al fin y al cabo, era suya durante un año.

Aún vestida con la blusa blanca y falda negra del trabajo, lo miró nerviosa, mordiéndose el labio superior. Aferró el volante con fuerza.

–Hola –dijo él.

–Hola –contuvo el aliento unos segundos–. No estaba segura de cuándo tenía que empezar.

Él no pudo contener una risita al ver su tensión. Ella lo miró consternada.

–¿Por qué no empezamos cenando en mi casa? –sugirió él.

–¿Ahora?

–Sí. ¿Qué te apetece?

–Un helado con chocolate caliente y vino espumoso –contestó ella tras una larga pausa.

–Eso puede arreglarse. ¿Quieres venir en mi coche o seguirme?

–Seguirte –apretó las manos sobre el volante hasta tener los nudillos blancos–. Te seguiré.

De camino a casa, Michael llamó a su ama de llaves y le pidió que preparase solomillo para dos, patatas asadas, helado con chocolate y una botella de champán. Cuando atravesó la verja vigilada que daba paso a la urbanización, miró por el retrovisor para comprobar que Bella conseguía entrar tras él.

Metió su Viper en el garaje, bajó y le indicó a ella que aparcase al otro lado de su todoterreno. La contempló salir del Volkswagen. A pesar de la inquietud de su rostro, recodaba bien cómo se había sentido en sus brazos aquella noche. Le estaba dando más trabajo que sus anteriores amantes, pero merecía la pena. La tomó del brazo y la guió escaleras arriba, a la casa.

Ella miró a su alrededor como si quisiera absorber cada detalle.

–Es preciosa. Sofisticada pero cómoda –dijo ella cuando llegaron a la sala con techo abovedado y una chimenea de gas ya encendida–. ¿Tiene temporizador? –preguntó.

–Mi ama de llaves se ocupó de encenderla –Michael movió la cabeza–. Te comportas como si nunca hubieras visto mi casa antes.

–Supongo que estaba algo distraída la última vez –Bella se mordió el labio y medio sonrió.

–Mencionaste un helado con chocolate caliente. ¿Te apetecería un solomillo antes?

Ella abrió los ojos y olisqueó el aire.

–Ya me parecía que olía a comida. ¿Cómo lo has conseguido tan rápido?

–Como he dicho antes: llamé a mi ama de llaves. ¿Te gustaría cenar junto al fuego?

–Eso sería encantador –contestó ella.

–Dame tu abrigo.

Se quitó el abrigo lentamente, intimidada por la

idea de deshacerse de una sola prenda. Después, desvió la mirada y, frotándose las manos, fue hacia la chimenea.

—Me cambiaré de ropa y bajaré en un minuto. Ponte cómoda.

Dos copas de champán, un filete y una patata asada después, Bella empezó a soltarse. Seguía tensa y aún se preguntaba cómo funcionaría su acuerdo.

—Cuéntame la historia de tu vida —dijo él, curvando la boca de forma seductora.

—Ya conoces la situación de mi tía —tomó un sorbo de agua.

—¿Y tus padres?

—Nunca conocí a mi padre, aunque me cuentan que él y mi madre pasaron un breve periodo juntos tras casarse en Las Vegas. Mi madre me dejó con tía Charlotte cuando tenía dos años —racionalmente, sabía que había sido una suerte ser entregada a Charlotte. Pero muy en el fondo, de vez en cuando, se preguntaba por qué no había sido suficiente buena como para que su madre quisiera quedársela ni su padre conocerla.

—Así que te crió tu tía y por eso le tienes tanta devoción. No lo explicaste la noche que estuvimos juntos.

—Mi tía Charlotte siempre ha estado a mi lado cuando la necesitaba. Mi madre no estaba hecha para la maternidad. Se trasladó a California y enviaba dinero a Charlotte de vez en cuando. Vino a visitarme dos veces, la primera cuando tenía seis años y la última cuando tenía doce.

—¿Hablas con ella?

—Murió hace un par de años.

—Tenemos eso en común. Mi padre murió cuando mis hermanos y yo éramos pequeños.

—Me lo contaste. Supongo que, en parte, eso hizo

que me sintiera cómoda contigo. Mencionaste que uno de tus hermanos murió con él, pero no dijiste quién os crió a los demás.

–Familias de acogida. En casas diferentes.

–Eso debió de ser difícil.

–Podría haber sido peor –encogió los hombros–. A todos nos fue bien. En mi caso, pasé la adolescencia en una residencia y tuve la suerte de tener un buen mentor.

–¿Ves a tus hermanos en la actualidad?

–A veces. No con regularidad. Todos estamos muy ocupados.

–Vaya. Necesitáis una tradición.

–¿Qué?

–Una tradición que os obligue a reuniros. Mi tía hace eso con mis primos y parientes al menos dos veces al año. En Navidades y en verano, con un fin de semana de barbacoa y juegos.

–¿Cuenta reunirse para jugar al billar?

–Puede. La buena comida ayuda.

–¿Ah, sí? A nosotros nos vale con comida basura. Alitas picantes, pizza. Tal vez ahora que mis dos hermanos se han casado, las mujeres intenten civilizarnos.

–Es posible. He oído decir que el matrimonio a veces consigue eso con los hombres.

–Entonces seguiré incivilizado, porque no pienso casarme nunca.

La seca afirmación la reconfortó de una extraña manera. Tras su ruptura con Stephen, no podía imaginarse entregando su corazón a otro hombre, si aún le quedaba corazón que entregar. Alzó la copa y lo miró a los ojos.

–Pues ya somos dos.

Capítulo Cuatro

Michael sostuvo su mirada un momento y luego la atrajo hacia él.

–Llevo toda la noche observando tu boca –dijo, bajando los labios hacia los de ella.

Ella exhaló un inesperado suspiro. La boca de Michael era cálida, firme y, también, suave y adictiva. Quería saborearlo, saborearlo entero. La fascinaba con su confianza, poder e intuición.

Alzó las manos para pasar los dedos por su pelo rizado. Un instante después, él la situó sobre su regazo y devoró su boca. La química entre ellos era fuerte y ardiente. Cada vez que él deslizaba la lengua por encima de la suya, algo en su interior se tensaba más.

Él llevó las manos a sus hombros y las deslizó hacia sus senos. Sus pezones se erguían contra la blusa, duros y firmes. Los frotó con los pulgares y ella sintió la caricia descender hasta su sexo.

–Eres una delicia –murmuró él contra su boca–. Necesito hacerte mía de nuevo.

La voz retumbó en ella, acelerándole el corazón. Anhelaba el contacto de su boca y de su lengua. Ser deseada así era como un bálsamo.

Sintió que él desplazaba las manos hacia el centro de su blusa blanca. Tras una sensación de forcejeo, sintió el aire fresco en el pecho desnudo. Sin dejar de besarla, introdujo los pulgares dentro del sujetador y tocó los pezones.

Ella gimió al sentirlo.

−¿Te gusta? ¿Quieres más? Yo puedo dártelo.

Sintió que se fundía bajo sus caricias. Cada roce de pulgar incrementaba su excitación. Él pasó una de sus manos por su cintura y la llevó a la parte delantera de su falda.

−Es una lástima que lleves medias −se quejó−. Creo que es hora de que vayamos a mi habitación.

De repente, Bella comprendió que ése sería el principio de su trato. Se quedó paralizada. Él se levantó y la puso en pie.

Lo miró con la horrible sensación de estar a su merced. Jadeando, cerró los ojos y se dijo que no tenía importancia. Sólo era sexo. Dado que había perdido al hombre al que amaba, nunca podría ser más que sexo.

−Bella −alzó su barbilla−. Mírame.

Ella tragó saliva y abrió los ojos. Él suspiró, hizo una mueca y agarró su mano.

−Has tenido un día ajetreado, ¿verdad?

−Sí, mucho.

−Deberías descansar −dijo él, conduciéndola hacia fuera del salón.

−¿Dónde…?

−Tengo una habitación para ti. Si necesitas algo, díselo al ama de llaves. Se llama Trena.

−Pero yo creía que… −empezó ella, confusa por el cambio de planes.

−Nunca he tenido que forzar a una mujer −se detuvo ante una puerta y la miró−. No voy a empezar ahora.

−Esto es nuevo para mí −se mordió el labio superior−. Nunca había hecho algo así.

–Yo tampoco –alzó una ceja en un gesto entre divertido e irónico–. No esperes que sea paciente mucho tiempo. Nunca me han acusado de dejar crecer la hierba bajo los pies. Le diré a Trena que venga dentro de unos minutos. Buenas noches.

Después de que cerrara la puerta, Bella apoyó el rostro entre las manos. Sacudió la cabeza y echó un vistazo al dormitorio. Los suaves tonos verde y azul mar hicieron que su ansiedad disminuyera. Había una cama grande, de aspecto cómodo, flanqueada por ventanas cubiertas con visillos. Sobre la cama colgaba una escena marítima y Bella se preguntó si a Michael le gustaba el mar tanto como a ella.

En la mesilla había libros, una pequeña lámpara y una bandeja abatible para desayunos o un tentempié nocturno. En otra pared había un escritorio de cerezo con una banqueta tapizada. Estaba claro que la habitación había sido amueblada en aras de la comodidad.

Entró en el cuarto de baño anexo y casi se le cayó la baba. Dos lavabos de mármol, un jacuzzi, ducha para dos personas y plantas en flor. Mucho mejor que su apartamento de un dormitorio.

«No te acostumbres», se advirtió. Llamaron a la puerta. Era una mujer de aspecto competente, vestida con pantalones negros y camisa blanca.

–Señorita St. Clair. Soy Trena, del personal de servicio del señor Medici. Bienvenida. Por favor, dígame qué puedo hacer para que su estancia resulte más agradable.

–No se me ocurre nada –Bella miró a su alrededor–. La habitación es una maravilla.

–Me alegro –Trena asintió–. Hay agua, vino, cerveza y soda en el minibar, así como algunos tentempiés. Hay un albornoz en el armario y artículos de aseo en el cuarto de baño.

–Gracias. Acabo de darme cuenta de que no tengo pijama –dijo Bella. No había sabido con certeza si pasaría allí la noche–. ¿Habrá alguna camiseta que pueda usar?

–No es problema.

–Gracias otra vez. Iré al coche por mi bolsa.

–Si me da las llaves, puedo hacerlo yo –ofreció Trena.

–Oh, no –protestó Bella–. No hace falta.

–Por favor, permítamelo –Trena la miró ofendida–. El señor Medici ha insistido en que quiere que se relaje. Es mi trabajo y me enorgullezco de hacerlo bien.

–De acuerdo, gracias –aceptó Bella, sorprendida por el tono firme de la mujer.

–Es un placer. Volveré enseguida.

Bella pensó que llevaba la definición de «servicio» a un nivel superior. Seguramente, Michael Medici sólo empleaba a los mejores profesionales y pagaba bien.

Unos momentos después, Trena regresó con el bolso de deportes de Bella, que siempre llevaba en el coche por si quería cambiarse de ropa después del trabajo en el restaurante. También traía una suave camiseta tamaño extra grande.

Cuando se fue, Bella se preguntó por Michael. La clase de hombre capaz de hacer un trato para ayudar a su tía a cambio de una aventura. Sin embargo, ella no estaba libre de culpa, era la clase de mujer que había aceptado su oferta.

Pensando que tardaría mucho en dormirse, eligió un libro de misterio. Cuando se despertó, siete horas después, olía a café recién hecho y tenía el libro sobre el pecho, aún sin abrir.

Sacudió la cabeza y se dio cuenta de que no estaba en su cama. Sus sábanas no eran tan suaves ni su colchón tan perfecto. Se levantó, se vistió, se lavó la cara y se cepilló los dientes y el pelo. También se puso brillo de labios.

Luego fue a la cocina.

–¿Señorita St. Clair? –preguntó un hombre afroamericano y calvo que estaba de pie junto a la cafetera.

–Sí –asintió ella.

–Encantado de conocerla. Soy Sam –esbozó una sonrisa–. El señor Medici me pidió que le preparara el desayuno. ¿Le apetece un capuchino?

–Yo también me alegro de conocerte, Sam. No hace falta que me hagas el desayuno.

–Mis instrucciones son darle un buen desayuno –la sonrisa de Sam se desvaneció–. Quiero cumplir con mi obligación.

–No tengo hambre... –Bella pensó que el personal de Michael estaba muy bien adiestrado.

–Pero, ¿un café capuchino o con leche?

–Con leche, gracias –aceptó ella con un suspiro–. ¿Dónde está el señor Medici?

–Salió hace mucho –Sam se rió–. Ese hombre se levanta antes del amanecer. Le ha dejado una nota –le dio un sobre–. ¿Quiere unas tortitas de avena? Las hago muy bien.

–De acuerdo –sonrió ella. Abrió el sobre y leyó la breve nota escrita a mano.

Lleva a tu tía a mi despacho mañana a las nueve, para una reunión de planificación. Disfruta de las tortitas de

Sam. Espero con ansia nuestra siguiente noche juntos. Michael.

A ella se le subió el corazón a la garganta. Si él cumplía su parte del trato, ella también tendría que cumplir la suya. No podía pensar en tortitas.
—Hay sirope de arce puro —dijo Sam.
Bella inspiró profundamente y dejó escapar un suspiro. No tenía sentido hacerle un feo a Sam.
—Perfecto, ¿por qué no?

Al día siguiente, llevó a su tía a las oficinas de Michael. Por si acaso Michael daba marcha atrás, sólo le dijo a Charlotte que iban a reunirse con alguien para una consulta de negocios.
—Ojalá me dijeras de qué se trata —dijo Charlotte alisándose el traje color rosa, mientras el ascensor subía a la planta de MM, Inc.
—Pronto lo sabrás —Bella se ajustó la chaqueta negra. El ascensor se detuvo y salieron.
—¿De qué conoces a este hombre?
—Lo conocí en el trabajo.
—¿En un bar? —preguntó Charlotte.
—Es el propietario —explicó Bella, abriendo la puerta de la oficina. Sonrió a la secretaria de Michael—. Hola, somos Bella St. Clair y Charlotte Ambrose. Venimos a ver al señor Medici.
—Las está esperando —la secretaria anunció su llegada y señaló la puerta—. Entren, por favor.
—¿En qué lío me has metido? —Charlotte miró a Bella con suspicacia.
—Es algo bueno —le prometió Bella mientras iban

hacia la puerta–. Pero creo que será mejor que te lo explique el señor Medici.

–Bella –Michael se levantó cuando entraron–. Señora Ambrose, me alegro de conocerla –le dijo a Charlotte–. Bella me ha hablado mucho de usted, pero no me dijo lo guapa que era.

–Gracias. Me gustaría poder decir que me ha hablado de usted, pero no es así –Charlotte aceptó el apretón de manos y miró a Bella de reojo.

–Seguro que intentaba protegerla –rió Michael–. Vamos a sentarnos y hablaremos del plan de negocio para el spa.

–¿Disculpe? –Charlotte lo miró con asombro–. Perdí mis spas; se los quedó el banco.

–Desde luego, es verdad que no le has contado nada –Michael miró a Bella y chasqueó la lengua.

–Agradecería una explicación –Charlotte arrugó la frente.

–El banco se hizo con su empresa y yo la compré. Después de hablar con Bella, he tomado la decisión de financiar y codirigir un relanzamiento de uno de los Spas Charlotte.

–¿Codirigir? –repitió Charlotte, atónita–. ¿Relanzar?

–Sí. Deje que le enseñe mi plan.

Durante la hora siguiente, Bella observó cómo la expresión de su tía pasaba de la duda a la esperanza y al entusiasmo. Para cuando acabó la reunión, estaba convencida de que había hecho bien al decidir ayudarla. La enfermedad y la pérdida de su empresa le habían robado a Charlotte el optimismo y la energía vital.

–No sé cómo agradecerte esta oportunidad. Tu apoyo significa… –Charlotte miró de Michael a Bella y sus ojos se llenaron de lágrimas–. Oh, no. Qué vergüenza. Por favor, disculpadme un momento –se puso en pie–. ¿Podrías decirme dónde está el cuarto de aseo?

–¿Charlotte? –Bella, preocupada por su tía, se puso en pie.

–Quédate aquí –Charlotte agitó la mano–. Sólo necesito un momento para recobrar la compostura.

–El aseo está en la oficina de afuera –indicó Michael. Charlotte salió del despacho–. ¿Crees que está bien? –le preguntó a Bella.

–Sí, pero desconcertada –Bella se abrazó la cintura–. Había perdido la esperanza de reconstruir su empresa. Tendría que haberle dicho algo, pero no quería que sufriera una decepción si... –hizo una pausa– ...el asunto no salía bien.

–¿Por qué no iba a salir bien? Te di mi palabra, ¿no?

–Sí, lo hiciste –aceptó ella. Se le encogió el estómago al ver cómo la miraba. Volvería a hacerla suya, lo percibía y sabía, igual que él.

–Te veré en mi casa esta noche –dijo él con voz grave.

–Será tarde. Tengo que trabajar –Bella se estremeció internamente.

Michael frunció el ceño con impaciencia. En ese momento se abrió la puerta del despacho.

–¿Cuándo empezamos? –preguntó Charlotte sonriente y con los ojos brillantes de entusiasmo.

–Bella ya me había dicho que eras dinamita –rió Michael–. También me dijo que tenías empleo, así que nos pondremos en marcha en cuanto cumplas el periodo de preaviso y lo dejes.

–No hace falta esperar –arguyó Charlotte–. Puedo trabajar ya, cuando salga del salón de belleza.

–No quiero que te excedas –Michael negó con la cabeza.

–Pero...

–Sería malo para tu salud y también para el negocio –afirmó él–. Pretendemos crear un entorno de éxito sin que suponga demasiado estrés para Bella o para ti. Avanzaremos a un ritmo razonable, sin prisas.

–Tiene razón –dijo Bella, admirando la actitud de Michael para con el negocio y su tía–. Y como trabajaré contigo el primer año, al menos, me daré cuenta si te excedes trabajado.

–Te preocupas demasiado por mí –Charlotte movió la cabeza–. Eres joven. Deberías centrarte en tus objetivos profesionales. Estoy bien.

–Disfrutaré haciendo esto contigo –dijo Bella–. Será una aventura.

–Sí –dijo Michael–. Una excelente manera de verlo. Una aventura.

Por la expresión de sus ojos, Bella sospechó que no se refería al spa, sino a otra cosa.

Esa noche, después del trabajo, Bella se tragó su aprensión y condujo hacia casa de Michael. Intentó cargarse de confianza y tuvo éxito hasta que el motor de su normalmente fiable Volkswagen empezó a petardear.

–No, no, no –murmuró. Pisó el acelerador, pero el coche se caló. Nerviosa, arrancó de nuevo.

Sólo consiguió avanzar unos metros antes de que el motor volviera a fallar. Era obvio que algo iba muy mal. Fue hacia el arcén y paró.

Bajó del coche y levantó el capó; los tubos y cables

que había allí dentro eran un misterio para ella. Para colmo de males, estaba lloviendo.

Suspirando, subió al coche y consideró sus opciones. No había renovado el seguro de asistencia en carretera tras su regreso de Europa. Se negaba a llamar a su tía y molestarla a esas horas. Con desgana, asumió su última opción y marcó el número de Michael. Sin embargo, su móvil se limitó a darle un mensaje: «Sin servicio».

Maldijo para sí. Tal vez el destino le estuviera diciendo que sería mejor buscar una vía de escape y librarse del trato con Michael.

Recordó la expresión de júbilo de su tía al saber que tenía una segunda oportunidad para su negocio. Eso lo valía todo. Un trato era un trato.

La lluvia parecía haber aflojado y, si no recordaba mal, la verja de entrada a la urbanización de Michael estaba a un kilómetro y medio. Caminar sola por la noche no era buena idea, pero tampoco quería quedarse allí. Ambas opciones suponían un riesgo.

Capítulo Cinco

Michael miró el reloj y frunció el ceño. Bella no iba a aparecer. Tendría que haber adivinado que sus grandes ojos lo engañaban. Le había hecho creer que aceptaría el trato, pero iba a escabullirse. Dos noches antes había estado seguro de que sólo estaba nerviosa, pero empezaba a dudarlo. Sintió un sabor amargo en la boca. Aún podía poner fin al relanzamiento del spa de su tía.

El sonido de su móvil interrumpió sus cavilaciones. No reconoció el número.

–Hola –contestó.

–¿Señor Medici? –dijo un hombre.

–Sí, al habla Michael Medici.

–Soy Frank Borne, de seguridad. Siento molestarlo, pero aquí hay una mujer que dice que lo conoce y necesita llegar hasta su casa.

–¿Qué?

–La pobre está empapada –el hombre se rió–. La llevaría yo mismo, pero no me está permitido dejar la caseta de vigilancia.

–Iré ahora mismo –dijo Michael, preguntándose qué había ocurrido. Podía haber enviado a uno de sus empleados a recoger a la mujer, que sin duda era Bella, pero prefería ir él mismo. Subió al coche y, bajo el diluvio, condujo hasta la caseta de vigilancia.

En cuanto llegó a la caseta, Bella salió corriendo y

subió al coche. Tenía el cabello oscuro pegado al cráneo y sus enormes ojos violeta contrastaban con la palidez de su piel.

—¿Qué…? –empezó Michael.

—No tienes ni idea de lo que he pasado para llegar aquí esta noche. Si creyera en las premoniciones, diría que algo intentaba decirme que no viniera. Mi coche falló poco después de salir de la autopista. Olvidé renovar mi servicio de ayuda en carretera. Además, habría dado igual, porque mi móvil decía «Sin servicio» cada vez que he intentado llamar. No llovía demasiado cuando empecé a andar…

—Dime que no has venido andando por la carretera de Travers pasadas las once de la noche –interrumpió él, horrorizado.

—¿Qué otra cosa podía hacer? ¿Parar un coche? Eso no me pareció buena idea.

Michael condujo hacia la casa, rechinado los dientes, mientras ella seguía hablando.

—Tenía paraguas, pero no sirvió de nada con este viento. Además, calculé mal la distancia.

—Esto no volverá a ocurrir –sentenció él, sorprendido por su fuerte instinto protector hacia una mujer a la que apenas conocía.

—Dios, espero que no –murmuró ella.

Michael entró al garaje. Maldijo para sí.

—Te conseguiré un móvil, seguro de asistencia y un coche nuevo –dijo, bajando del coche.

—Un coche nuevo –repitió ella, atónita–. Estás loco. Adoro mi coche. Nunca me ha dado problemas –hizo una pausa–. Hasta esta noche.

—Dejarte tirada por la noche en la carretera de Travers es razón suficiente para reemplazarlo. ¿Eres consciente de lo que podría haberte ocurrido? –la miró. Parecía una niña medio ahogada. Resistió el impulso de levantarla en brazos y llevarla a la casa. Le ofreció la mano–. Enviaré a alguien para que se ocupe de tu coche. ¿Hay algo dentro que necesites?

–Dejé un bolso de viaje en el asiento trasero; volviendo a lo del coche, no puedo permitir que…

Alzó la mano para callarla, sacó su BlackBerry del bolsillo y pulsó una tecla.

–Jay, necesito que pidas una grúa para recoger un VW en Travers. Dejaré las llaves en la consola del vestíbulo –extendió la mano hacia Bella para que se las diera–. Dentro hay un bolso de viaje, tráelo y déjalo en el vestíbulo. Gracias –se volvió hacia ella–. Ahora quiero que te des una ducha caliente –miró su reloj–. Tienes dos minutos.

–¿Para ducharme? –lo miró con ojos redondeados por la sorpresa.

–Antes de que me reúna contigo –corrigió él.

–Oh –musitó ella. Sus labios formaron un tentador y sensual círculo. Se quedó parada como si tuviera los pies pegados al suelo.

–Bella –dijo él con voz suave.

–¿Sí?

–Te queda un minuto y cuarenta segundos.

Ella se dio la vuelta y corrió al dormitorio.

Apretando los dientes para que no le castañetearan, se quitó la ropa empapada y fue al cuarto de baño. Abrió los grifos de la ducha, preguntándose qué habría hecho Michael si le hubiera dicho que no quería ducharse. Habría sido mentira, por supuesto.

La verdad era que no había imaginado que su trato se consumaría de esa manera. Se colocó bajo el chorro de agua caliente y cerró los ojos, quería disfrutar de los pocos segundos que estaría sola.

La puerta de la cabina de ducha se abrió y sintió una corriente de aire frío antes de oír los pasos de Michael en el suelo mojado. Recordó su fuerte y viril cuerpo y se le aceleró el corazón; iba a verlo desnudo otra vez.

–¿Está el agua lo bastante caliente?

Ella asintió con la mirada fija en la pared.

–¿Quieres que te lave la espalda?

Abrió la boca para decir que podía hacerlo sola, pero la cerró al sentir sus manos en la piel. Masajeaban sus hombros y cuello, relajándola. Él bajó las manos por la parte exterior de sus brazos y luego volvió a subirlas por el interior. Era una sensación tranquilizadora y erótica al mismo tiempo. El agua caliente acabó con su resistencia.

–No está mal, ¿verdad? –preguntó él.

–No, es… –inhaló profundamente.

Él siguió tocándola, deslizando las manos por su cintura y sus caderas. Ella empezó a sentir el lento pulsar del deseo bajo la piel. Sus senos se hincharon y tensaron a pesar de que él no los había tocado aún.

La sorprendía que le resultara tan fácil excitarla. Pensó que sería efecto del agua caliente, no del hombre. Pero entonces él la dio la vuelta, le apartó el pelo mojado del rostro y deslizó los labios por su mejilla. Después tomó su boca. Agitando los párpados bajo el agua, ella vislumbró destellos de los anchos hombros de piel bronceada, el abdomen plano y el sexo erecto.

Se acercó a él y captó su jadeo cuando lo rozó con el cuerpo desnudo.

–Te he deseado desde aquella noche que pasamos

juntos –dijo él. Introdujo la lengua en su boca y ella sintió el primitivo ritmo de la pasión.

Tenía muchas razones para no desearlo. Supuestamente, sólo era sexo, pero parecía más. Se sentía protegida y deseada al mismo tiempo. No recordaba haberse sentido tan sensual ni siquiera...

Michael puso las manos en sus senos provocando un cortocircuito en su cerebro. Medio minuto después, bajó la cabeza y succionó los pezones mojados. La sensación era tan erótica que ella contempló cómo lo hacía. Él se agachó más y besó su sexo. A ella le temblaron las rodillas.

–Rodea mi cintura con las piernas –dijo él con voz ronca. La alzó contra sí, cerró el grifo y salió de la cabina. Agarró dos esponjosas toallas que había en la mesita y la envolvió en una de ellas de camino al dormitorio.

La dejó en la cama y luego se tumbó, devorándola con la mirada. Ella se estremeció de excitación.

–¿Tienes frío? –preguntó.

Ella asintió y se estiró para quitarle una gota de agua de la frente. Él capturó su mano y se la llevó a los labios.

–Yo te calentaré –prometió él. Introdujo la mano entre sus piernas y la encontró húmeda.

Sus dedos provocaron una intensa espiral de sensaciones que hizo que Bella se arqueara. Él gruñó al notar su respuesta y abrió sus muslos. La penetró hasta el fondo con una sola embestida.

Bella gimió, temblando y estremeciéndose contra él. Se aferró a su cuerpo mientras él acariciaba su punto más sensible y secreto. El clímax la recorrió de arriba abajo como un rayo. Un segundo después, notó que Michael se tensaba y se dejaba ir con un intenso gruñido.

Pasados unos momentos, Bella empezó a entender el porqué de su rechazo a convertirse en amante de Michael. Acababa de tomar posesión completa de su mente y de su cuerpo, y eso lo convertía en un hombre muy peligroso.

Tras una larga noche haciendo el amor, Michael se despertó descansado. Bella, aún dormida, yacía boca abajo en la cama. Sonriendo para sí, se dijo que no la molestaría esa mañana. La noche anterior había sido dura para ella, en más de un sentido.

Salió de la cama y fue al gimnasio que había instalado al final del pasillo. Empezó con la bicicleta elíptica y luego siguió con pesas. Para Michael, el ejercicio físico no era sino una forma más de seguir fuerte y centrado. Al igual que sus hermanos, no quería estar nunca a merced de persona o circunstancia alguna. Volvió a la suite para ducharse. Bella seguía dormida. Se vistió y bajó las escaleras. Leyó *The Wall Street Journal* mientras desayunaba.

Se levantaba para irse cuando Bella entró en la cocina luciendo un albornoz demasiado grande para ella y apartándose el pelo del rostro.

—Ni siquiera son las seis —dijo, mirándolo con fijeza—. ¿Cuándo te has levantado?

—Poco antes de las cinco —encogió los hombros con indiferencia—. ¿Qué tal estás?

—A las cuatro y pico —se horrorizó ella—. Después de la noche que hemos... —hizo una pausa y bajó la voz—. ¿Después de eso te levantas a las cuatro de la mañana?

—Bueno, yo no caminé un par de kilómetros bajo la lluvia —señaló él, divertido por su consternación—. Además, no necesito dormir mucho —se levantó, fue hacia ella y le acarició el cabello. Pelo sedoso, piel suave y unos ojos misteriosos que tiraban de algo de su ser.

–Ah, pues que el cielo me ayude –apretó los labios–. Confieso que no estoy acostumbrada al grado y cantidad de... –movió la cabeza.

–No te preocupes. Ya te acostumbrarás –bromeó él. Miró su reloj–. Tengo que irme. Estás en tu casa. Pide lo que quieras para desayunar. Aquí tienes la llave de un Lexus nuevo. Creo que lo encontrarás muy fiable –dijo, poniéndole una llave en la palma de la mano.

–Ya te dije que no quiero un coche nuevo.

A él lo divirtió su resistencia. La mayoría de las mujeres con las que había salido habrían estado encantadas de recibir un coche nuevo. De hecho, algunas habían insinuado que sería el regalo perfecto en cualquier ocasión. Lo único mejor que eso, claro, habría sido un anillo de compromiso, algo que sabían no recibirían nunca.

–Lo he alquilado. Como el tuyo está en el taller, necesitas un vehículo. Ah, y me gustaría que te mudaras aquí –fue hacia la puerta.

–No creo que sea buena idea –apuntó ella cuando él ya tenía la mano en el picaporte.

–¿Por qué no? –giró y la miró con sorpresa.

–Porque la gente podría enterarse de que tenemos una relación. No quiero tener que explicar nuestro trato.

–Una de mis máximas es no dar explicaciones a nadie –replicó él, con deje de impaciencia.

–Ya, pero yo no soy tú. Mi tía Charlotte querrá una explicación. A menudo le da por comportarse como una gallina clueca.

–Bueno, ya veremos –dijo él, irritado–. Entretanto,

tráete algo de ropa y cosas básicas por pura conveniencia.

–¿Siempre das órdenes a la gente? –preguntó ella, cruzando los brazos sobre el pecho.

–Soy decisivo. Cuando veo un proceder lógico, lo pongo en práctica –replicó él.

–¿Eso forma parte de tu encanto? –se mofó ella–. ¿Qué tiene de lógico tu trato conmigo?

–Te deseo y, aunque no quieras admitirlo, tú me deseas a mí. Encontré la manera de provocar lo lógico –dijo él, incómodo por la intensidad de su deseo y por cuánto lo afectaba ella. Había roto algunas de sus reglas para sacársela de la cabeza. Sabía que su atracción no duraría; nada era eterno.

Bella no tenía que ir al restaurante, así que fue a casa de su tía para empezar a preparar la reapertura, que sería pocas semanas después. Había que hacer pedidos y contratar personal. Además, Bella tenía que organizar las fichas para hacer un envío de publicidad. Michael había sugerido varias estrategias de captación de nuevos clientes.

La molestaba la capacidad que tenía ese hombre para distanciarse emocionalmente. Sabía que tenía visión y experiencia empresarial, pero se preguntaba cómo alguien tan frío, aparentemente, podía ser tan pasional en otros sentidos.

Sintió un cosquilleo al recordar las apasionadas horas que habían compartido. Sabía que él, dada su difícil infancia, se negaba a ser vulnerable, pero Bella no creía que fuera posible evitar serlo. Decidió aparcar sus pensamientos, de momento, y concentrarse en sus tareas.

Horas después, oyó el ruido de la puerta.

–Eres tú –dijo Charlotte, sorprendida–. Me preguntaba de quién era el coche. ¿Un Lexus? ¿Te ha tocado la lotería?

Bella se sonrojó. Una razón más por la que tendría que haber rechazado el coche.

–Ha sido un golpe de suerte. Mi Volkswagen se averió anoche. Me han dado uno de sustitución.

–Una suerte, sin duda –dijo Charlotte–. Disfrútalo mientras puedas. ¿Qué estás haciendo?

–Iba a preparar una lista de pedidos, pero pensé que sería mejor consultarte antes.

–Bien pensado –dijo Charlotte–. Ya preparé una anoche.

Bella, preocupada, escrutó el rostro de Charlotte buscando rastros de cansancio, pero sólo vio entusiasmo.

–Aún no has dejado tu empleo. Me da miedo que te extralimites y hagas más de lo debido.

–Estoy demasiado entusiasmada para quedarme quieta –Charlotte sonrió–. Creía que había perdido mi oportunidad. Estoy deseando ponerlo todo en marcha.

–Entonces, oblígate a quedarte parada de vez en cuando –Bella se rió y movió la cabeza–. Empezando ahora. Te traeré un vaso de agua –la condujo a un sillón y la incitó a sentarse.

–No necesito...

–Sí, claro que sí –afirmó Bella–. No puedes hacerlo todo al mismo tiempo. Estoy aquí para ayudarte. ¿Recuerdas? Hablando de eso, he preparado una lista de clientes.

–Perfecto –dijo Charlotte–. Yo he llamado a algunos de mis antiguos empleados para pedirles que me recomendaran a gente; dos han dicho que estarían encantados de volver a trabajar para mí.

–Vaya, vas a toda marcha –se admiró Bella, complacida por el entusiasmo de su tía.

–Sí. Además, he pensado que podríamos ofrecer algunos tratamientos para hombres. Por ejemplo, manicura y pedicura para deportistas y una salita de espera con revistas deportivas y el *Wall Street Journal*.

–Muy buena idea.

–¿Quién sabe? Pude que acabes saliendo con alguno de los hombres que visiten el spa –dijo Charlotte, con una mirada cargada de intención.

–Oh, no. Ahora no me interesa salir con nadie –Bella movió la cabeza negativamente.

–Sé que la ruptura con Stephen te dolió mucho, pero no puedes dar de lado a la vida.

–Sigo viviendo –dijo Bella–. Sencillamente, ese camino no me interesa. Sé que ningún otro hombre me hará sentir lo que sentía por Stephen.

–Eres demasiado joven para decir eso.

–Siempre has dicho que tenía espíritu de anciana –contraatacó Bella.

–Tendré que abrirte los ojos para que veas que hay más peces en el mar –Charlotte frunció los labios.

Bella volvió a sacudir la cabeza, inquieta por el deje testarudo de la voz de su tía. No quería que Charlotte prestara atención a su vida romántica.

–Tienes que concentrarte en tu salud, en ser feliz y en abrir el spa –le dijo.

–Ya veremos –replicó Charlotte.

Bella arrugó la frente. Era la segunda vez que oía esa expresión desde que se había levantado.

***

Esa noche, Bella cenó con Michael en la sala.

–Necesito recuperar mi VW –dijo, picoteando la comida gourmet que había en su plato. Se ponía nerviosa estando con Michael. Era demasiado consciente de su fuerza e inteligencia; la inquietaba que le prestara toda su atención.

–¿Por qué? El Lexus es mucho más fiable.

–Cuando mi tía lo vio, me preguntó si me había tocado la lotería.

–¿No podías haberle dicho que lo habías alquilado? –preguntó él, irritado.

–Imposible, con un salario de camarera.

–Podría alquilar uno para ella y decirle que es parte de su paquete de beneficios –sugirió él.

–No será necesario –Bella no quería incrementar su deuda con él–. Me encantará recuperar mi VW.

–Lo tendrás, siempre y cuando aceptes que será reemplazado si da más problemas. Si falla, llama al número de emergencia que te he dado.

–Vale –aceptó ella. Ya se aseguraría de que el VW no volviera a fallar–. Ahora, si consigo que mi tía se centre en el spa y no en hacer de casamentera para mí, puede que…

–¿Casamentera? –repitió él–. ¿Por qué?

–Cuando mi tía no está enferma, es incansable. Si decide que yo tendría que estar saliendo con alguien, hará todo lo posible para conseguirlo.

–Parientes entrometidos, hum. Nunca he tenido que lidiar con eso. Mis hermanos y yo nos aconsejamos de vez en cuando, pero nunca interferimos en cosas personales –tomó un trago de cerveza–. Dile que estás saliendo conmigo.

–Ni en broma. Le daría un ataque si supiera que el trato empresarial depende de mi relación contigo… –carraspeó–. Además, aceptaste que mantendríamos en secreto…

El sonido del móvil de Michael interrumpió su diatriba. Él miró la pantalla y su rostro se tensó.

–Tengo que contestar –se puso en pie–. Dan, ¿tienes información sobre Leo?

Ella lo observó alejarse unos pasos. Estaba de espaldas, pero la tensión de su cuerpo la alertó.

–Maldición. Nada –su decepción resultó obvia–. ¿Puedes hacer algo más?

Siguió un largo silencio, eléctrico. Bella nunca había visto a Michael tan cargado de tensión.

–Hazlo y mantenme informado –dijo Michael. Cortó la comunicación y volvió a la mesa.

Bella captó un fuerte destello de emoción en sus ojos, pero se apagó antes de que pudiera identificarlo. Curiosa, se atrevió a preguntar.

–¿Quién es Leo?

–Mi hermano –contestó él, con ojos llameantes–. Estaba con mi padre cuando ocurrió el accidente que le quitó la vida.

–No me habías hablado de él. ¿Dónde está?

–Podría estar muerto, pero no lo sabemos con seguridad –tomó un largo trago de cerveza–. Nunca encontraron su cuerpo.

–Eso es terrible –Bella, tentativamente, puso una mano en su brazo. Él miró la mano con fijeza y ella se preguntó si sería mejor retirarla–. ¿Estás intentando encontrarlo?

–Siempre –suspiró y la miró a los ojos–. Yo era quien tendría que haber ido con mi padre ese día. Pero Leo ocupó mi lugar…

–Oh, no –se le encogió el corazón al ver su expresión de culpabilidad–. No puedes culparte por eso. Eras un niño. No podrías haber…

–Basta –sacudió el brazo para liberarse de su mano–. Ese tema es privado. Me voy a la cama –se levantó y salió de la habitación.

Bella quedó conmocionada por el dolor y culpabilidad que había visto en sus ojos. Aunque Michael cultivara la imagen de hombre contenido y frío, ella acababa de ver algo muy distinto. Era obvio que llevaba años sufriendo por la pérdida de su hermano. Para un hombre como Michael, no cabía la absolución por la supuesta muerte de su hermano. Lo peor tenía que ser la incertidumbre.

Bella se mordió el labio. La dominaba el instinto de consolarlo, de ser un bálsamo para sus heridas. Él hablaba de su infancia con frialdad, como si hubiera compartimentado sus pérdidas con eficacia. Pero no era así.

–Señorita St. Clair, soy Glenda. ¿Necesita alguna cosa? –preguntó una mujer–. ¿Le apetece comer algo más? ¿O un postre?

–No, muchas gracias –dijo Bella, incapaz de pensar en comer–. Llevaré mis platos a la cocina.

–No, no, yo me ocuparé de eso. ¿Está segura de que no necesita nada más?

–Segura, gracias –Bella apuró la copa de vino para darse valor. Se levantó.

Miró el pasillo que la conduciría a su dormitorio y la escalera que llevaba al de Michael.

Capítulo Seis

Oyó la puerta del dormitorio abrirse y los suaves pasos en el suelo de madera antes de que llegara a la alfombra de piel de oveja que había junto a la cama. Oyó una maldición entrecortada. Supuso que había tropezado.

Divertido, sintió un pinchazo de deseo ilícito.

Bella había ido a buscarlo.

La oyó tomar aire, como si estuviera armándose de valor. Michael se debatió entre la excitación y la curiosidad.

Se introdujo en su cama lentamente. Él esperó, impaciente, preguntándose qué iba a hacer. Cuándo iba a...

Sintió el contacto de su cuerpo: el roce de los senos desnudos en el brazo, el de los muslos en los suyos. La deseó.

Ella pasó una mano por su hombro y luego siguió pecho abajo. Al sentir el delicado y tierno contacto de sus labios en el cuello, se tensó y aceleró como un adolescente.

–¿Por qué has venido? –preguntó con voz serena, más dispuesto a admitir la pasión y el sexo que la ternura.

–Yo... –el murmullo hizo eco en su pecho–. No quería que estuvieras solo.

–Llevo solo la mayor parte de mi vida –rió él.

–Sí. Pero esta noche no.

Con un movimiento rápido y fluido, la situó sobre él. Oyó su gemido de sorpresa y, en la penumbra, captó el agrandamiento de sus ojos

–Si esto iba a ser sexo por compasión, puede que recibas más de lo que esperabas –advirtió.

–¿Compasión por un superhéroe?

Él no pudo contener una risita al oír la réplica. Pero la urgencia de hacerla suya pesaba más que cualquier otra cosa. Capturó su boca y la pasión del beso le hizo sudar.

–Un segundo –dijo. Deslizó las manos por su espalda y situó su cuerpo de modo que erección y feminidad estuvieran enfrentados.

Ella gimió al sentir la presión. Él, con esfuerzo, controló la penetración. Quería sentir que lo deseaba con desesperación. Se arqueó hacia él y buscó su boca. Esa vez, por fin, era ella quien lo buscaba. Cada célula de su cuerpo parecía hablarle: su piel, sus manos, su cabello…

Mirándolo, ella se alzó un poco. Él tuvo que obligarse a mantener los ojos abiertos mientras ella, mordiéndose el labio, bajaba sobre su miembro, aceptándolo, centímetro a centímetro.

Incapaz de esperar más, agarró sus caderas y el acto se convirtió, como había ocurrido desde la primera vez, en una tormenta de pasión que lo sació, al tiempo que le hacía desear más.

Tras esa noche, el vínculo no expresado entre ellos adquirió fuerza. Cuando Bella estaba lejos de Michael se preguntaba si era algo imaginario. Pero cuando estaba con él, no tenía dudas. Se decía que no era amor. Era una mezcla de poder y pasión, pero no el amor dulce y reconfortante que había experimentado con Stephen.

El spa progresaba rápidamente. A Bella le costaba evitar que su tía trabajase veinticuatro horas al día. Esa segunda oportunidad de lanzar el negocio parecía haber duplicado su energía.

Por desgracia, Charlotte había retomado su misión de buscarle novio. Ya había enviado a cuatro hombres para que la conocieran. Dos le habían pedido una cita, pero Bella no había aceptado.

Esa mañana, Bella había organizado los suministros y revisado las tarjetas que iban a enviar informando de la reapertura. Entretanto, Charlotte, había organizado la zona que dedicarían a los nuevos servicios para deportistas.

Llamaron un la puerta de cristal y Bella alzó la cabeza. Era un hombre bastante guapo, que rondaba la treintena. Pensó, con horror, que su tía había vuelto al ataque.

Charlotte corrió a la puerta y soltó un gritito.

—Gabriel, me alegro mucho de verte. Entra. Bella, por favor, ponle un café a Gabriel. Su madre es una de mis clientas más antiguas.

—Yo también me alegro de verte —le dijo Gabriel a Charlotte, mientras Bella le servía el café—. Mi madre insistió en que pasara por aquí.

—¿Leche o azúcar? —preguntó Bella.

—No, gracias. Lo tomaré solo —repuso él—. ¿Bella es tu hija?

—Lo es en todos los sentidos que importan —afirmó Charlotte—. Gabriel es abogado, Bella. Impresionante,

¿no? Apuesto a que le gustaría utilizar nuestros nuevos servicios para deportistas.

–¿Qué servicios? –preguntó él, inquieto.

–Manicura, pedicura y masajes –aclaró Charlotte–. Estás en forma, se ve que haces deporte –dijo. Bella casi puso los ojos en blanco al oír los aduladores comentarios de su tía.

–Algo –dijo él–. Me gusta correr.

Charlotte asintió y luego arrugó la frente.

–Bella, acabo de darme cuenta de que esta mañana no saliste a comer. Tal vez Gabriel y tú podríais…

La puerta se abrió y entro Michael. Bella sintió un pinchazo en el estómago al verlo.

–Michael, qué sorpresa tan agradable –saludó Charlotte–. Michael es nuestro nuevo socio. El spa no existiría si no fuera por él. Michael Medici, Gabriel Long –los presentó–. Gabriel es abogado, su despacho está en esta calle.

–Gabriel –Michael le estrechó la mano.

–Michael Medici. He oído tu nombre a menudo en boca de mis clientes –dijo Gabriel.

–Acabo de sugerir a Bella y Gabriel que salieran a comer algo –interpuso Charlotte.

Michael hizo una pausa y lanzó a Bella una mirada que parecía querer decir: «Lo hemos hecho a tu manera, pero ahora lo haremos a la mía».

–Siento interrumpir, pero venía a pedirle a Bella que cenara conmigo esta noche –dijo Michael con voz amable, aunque acerada.

Charlotte abrió la boca y miró a Michael y luego a Bella.

–Oh, no sabía que vosotros dos estabais…

–No lo estamos –interrumpió Bella, odiando la

mentira. Miró a Michael con fijeza–. La invitación me sorprende tanto como a ti.

–Bueno, pues si te apetece… –dijo Michael, como si nada. Siguió un incómodo silencio, Bella se amotinó contra él.

–Claro que le apetece –se apresuró a decir Charlotte. Después miró a Gabriel como si no supiera qué hacer con él–. Te daré un cupón de servicios a deportistas –añadió, acompañándolo hasta la puerta–. Dale recuerdos a tu madre…

–Accediste a no decir nada –le recriminó Bella a Michael en voz baja.

–Era necesario. Esto empezaba a resultar ridículo. Ahora todo será más fácil. Confía en mí –murmuró él.

–No entiendes que… –Bella calló al ver que su tía regresaba.

–Michael, me alegro de verte –dijo Charlotte–. Quería enseñarte algunas de mis ideas. Bella, ¿me ayudas a sacar unas cosas del almacén?

Bella, molesta por el giro que habían tomado las cosas, asintió y acompañó a su tía. Una vez en el cuartito, Charlotte se volvió hacia ella.

–¿Qué te pasa? Michael Medici es genial.

–No es mi tipo.

–¿Cómo puede no ser tu tipo? Es guapo, rico y se ha portado de maravilla con nosotras. No te hará ningún daño corresponder su amabilidad –aseveró Charlotte con voz firme.

–¿Estás segura? –preguntó Bella. Charlotte la miró a los ojos y supo a qué se refería.

–Esta situación no es igual que la de tu madre. Sácate eso de la cabeza. Michael no está casado.

–No es Stephen –Bella cerró los ojos, se debatía entre la culpabilidad y la vergüenza.

–No, no lo es –dijo Charlotte–. Michael Medici es un hombre mucho más fuerte. Nunca estuve convencida de que Stephen fuera la mejor pareja para ti.

–¡Charlotte! –exclamó Bella, atónita–. Siempre te gustó Stephen.

–También me gustan los perros. Eso no significa que quiera que te cases con uno. Ahora sal con Michael y pásalo bien. Me duele que no estés divirtiéndote lo bastante, la vida es corta. Hay que vivirla mientras se pueda –Charlotte agarró algunos catálogos de productos y se los puso a Bella en las manos–. Toma, lleva esto.

–¿Qué le vas a contar a Michael sobre ellos?

–Ya se me ocurrirá algo –respondió Charlotte.

Una hora después, Bella estaba en el lujoso coche de Michael. Sus dedos tamborileaban sobre el muslo embutido en tela vaquera y miraba por la ventanilla, silenciosa y molesta.

–¿Te apetece marisco? –preguntó Michael.

–Me da igual, pero no voy vestida para un restaurante de lujo; ha sido una invitación «sorpresa».

Michael aparcó ante uno de los restaurantes más exclusivos y renombrados de Atlanta.

–Da igual cómo vayas vestida. Estás conmigo y soy el propietario –dijo él. Bajó del coche y la escoltó al restaurante.

–Me alegra verlo, señor Medici –saludó el maître–. El reservado del rincón está libre.

–Ahí estaremos bien –contestó Michael. Puso la mano en el brazo de Bella y la llevó a la mesa.

Notó que ella se tensaba. Movió la cabeza, desconcertado por su reacción. La mayoría de las mujeres con las que había salido hacían todo lo posible para anunciar al mundo su relación.

–Dios santo, ¿se puede saber por qué estás de tan mal humor? Cualquiera pensaría que he asesinado a un miembro de tu familia –comentó él, una vez estuvieron sentados.

–Te dije que no quería que mi tía se enterase de nuestro acuerdo. Accediste a no decir nada.

–No sabe nada del trato. Sólo sabe que te he invitado a cenar.

–Se suponía que íbamos a guardar el secreto.

–Eso fue antes de que ella empezara a buscarte citas. ¿Por qué se empeña en encontrarte novio?

–Sabe lo de mi ruptura. Conocía al hombre con el que salía y cuánto... –calló y movió la cabeza–. No importa. Simplemente no quería que lo supiera. Y tú accediste.

Llegó un camarero que, pura amabilidad, les explicó cuáles eran los cócteles especiales del día. Michael pidió un whisky doble para él y un «Huracán» para Bella.

–¿Huracán? –cuestionó ella, después de que el camarero se fuese.

–Me ha parecido que encajaba con tu humor.

A su pesar, Bella sonrió.

–Bueno, háblame de ese hombre al que dejaste cuando regresaste de tu año en Europa.

–Yo no lo dejé. Él me dejó a mí antes de que volviera a casa.

–¿En serio? Menudo idiota.

–Eso es muy halagador –sonrió–. Gracias.

El camarero llegó con las bebidas.

—¿Langosta o solomillo? —le preguntó Michael a Bella—. ¿O las dos cosas?

—No tengo mucha hambre.

—Las dos cosas para la señorita —decidió Michael por ella—. El filete en su punto. Yo tomaré lo mismo, pero con la carne poco hecha.

—De acuerdo, señor —dijo el camarero.

—Quiero saber más de ese imbécil que te dejó. Apuesto a que ahora mismo está dándose de bofetadas por hacer esa estupidez.

—Está comprometido con una rubia guapísima —Bella soltó una risita y luego suspiró.

—Oh —tomó un sorbo de whisky—. Es una suerte para mí.

—Eres el mismo diablo —Bella probó su cóctel—. Se acabó la conversación sobre mi ex.

—Vale —aceptó Michael, aunque no daba el tema por concluido—. ¿Por qué te molesta tanto que tu tía sepa que estamos saliendo?

—Porque no salimos. Tenemos un trato —dijo ella con amargura. Desvió la mirada.

—¿Qué otro problema hay? —Michael estrechó los ojos—. Veo en tu expresión que hay algo más. Esto no se trata sólo de ti y de mí.

Bella arrugó la frente.

—No te conté toda la verdad sobre mi madre. Vivía en California cuando murió, pero no estaba casada. Era la querida de un hombre rico y poderoso. Un hombre casado. Me juré a mí misma no encontrarme nunca en la misma situación.

Michael hizo una larga pausa, buscando las palabras adecuadas para tranquilizarla.

–Por esto te incomoda tanto nuestro trato. Pero es algo muy distinto.

–¿Qué quieres decir? –alzó la cabeza y lo miró–. Viene a ser igual. He aceptado ser tu amante a cambio de tu asistencia y apoyo.

–Para empezar, no estoy casado. Ni pienso estarlo nunca. En segundo lugar, aceptaste el trato por el bien de alguien muy importante para ti. Me da la impresión de que ése no fue el caso de tu madre. Además, no habría hecho la oferta si no creyera que el negocio podía tener éxito.

–¿En serio? –lo miró sorprendida.

–En serio. Rompí algunas de mis normas por ti, pero no todas. Así que el trato es más igualitario de lo que creías. Puedes disfrutar de la langosta y el solomillo sin remordimientos.

–Interesante –clavó en él sus ojos hechiceros–. Pues si estamos igualados, me gustaría hacerte algunas preguntas.

–¿Por ejemplo? –preguntó Michael, inquieto.

–¿Tu postre favorito?

–Tiramisú –contestó él con una risita.

–Se notan tus raíces italianas.

–Podría hacerte una lasaña que te haría olvidar cualquier otra que hayas comido en tu vida.

–¿De verdad?

–De verdad.

–Vale. Quiero esa lasaña. ¿Cuándo es tu cumpleaños?

–El mes que viene. Pero no lo celebro.

–¿Por qué no?

–Es un día como cualquier otro. ¿Por qué lo preguntas?

–Porque quiero saber más de ti. ¿Cómo celebrabas tu cumpleaños cuando eras niño? –hizo una pausa–. Antes de que muriera tu padre.

–Con mi comida favorita, regalos y tarta. De eso hace mucho tiempo.

–¿No lo has celebrado después de retomar el contacto con tus hermanos? –preguntó ella con un deje de incredulidad en la voz.

–Todos estamos muy ocupados –dijo él–. A veces se acuerdan de llamarme. Eso es más de lo que recibía cuando estaba en el hogar de acogida.

Ella arrugó la frente con desaprobación.

–¿Todos habéis buscado a Leo?

–De una manera o de otra, sí –repuso él. No le gustaba el giro que tomaban las preguntas.

–¿Qué recuerdas de él?

Michael tardó en contestar. Odiaba recordar porque siempre sentía dolor y culpabilidad.

–Era un luchador. Sólo era un año mayor que yo, pero era muy fuerte. Incluso se atrevía a pelear con Damien. No duraba mucho. Damien lo sujetaba contra el suelo hasta que se rendía. Entonces Leo se levantaba y le daba un último golpe antes de escapar corriendo.

–Por lo que dices, era dinamita –sonrió Bella.

–Sí –asintió Michael–. Todos lo éramos. Pero él iba a toda velocidad desde que se levantaba hasta que se acostaba. Era como si temiera perderse algo –sintió una opresión en el pecho. Carraspeó para aclararse la voz–. Le gustaban los animales. Si encontraba algún animal vagabundo lo llevaba a casa y papá tenía que buscarle un hogar porque mi madre decía que ya tenía demasiados animales de dos patas que cuidar.

–¿Y nunca encontraron rastro de él? –afirmó, más que preguntó, Bella.

–Recuperaron todos los cuerpos menos el suyo –respondió Michael–. Aunque sea lo último que haga en mi vida, lo encontraré –afirmó, resoluto.

–Creo que lo harás –Bella se inclinó hacia delante y le tocó la mano.

A él le gustó que tuviera tanta confianza. Sabía que no lo decía para adularlo, ya había conseguido de él cuanto quería y seguía molesta porque le hubiera exigido mantener una aventura. Pensó que pronto se daría cuenta de que lo había hecho por el bien de ambos.

–Se acabó tu turno de preguntas –capturó su mano–. Me toca a mí. ¿Cuál es tu postre favorito?

–Pastelitos dobles de chocolate glaseados –puso expresión de culpabilidad–. Decadente.

–Igual que tú –susurró él, galante.

Una chispa sensual brilló en los ojos de Bella, pero desvió la mirada como si quisiera luchar contra su atracción por él. Eso irritó sobremanera a Michael. Se juró que ni un átomo de ella lo rechazaría después, cuando la tuviera en su cama.

Capítulo Siete

El sábado por la mañana, Michael se sorprendió durmiendo una hora más de lo habitual. Hizo su rutina habitual en el gimnasio y lo sorprendió aún más ver a Bella salir de la habitación vestida con vaqueros, camiseta, zapatillas deportivas y un pañuelo en la cabeza.

–Te has levantado temprano –le dijo

–Hoy voy a pintar.

–No me pareció que el spa necesitara pintura –dijo Michael, extrañado.

–No voy a pintar en el spa. Voy a pintar un centro de actividades infantiles, soy voluntaria.

–Eso es muy amable de tu parte.

–Necesitan ayuda con algunas reparaciones, si te interesa. Si eres manitas, les iría bien una mano con el cableado eléctrico y la caldera de gas.

–Suenas como Damien –dijo él, pensando en su hermano mayor–. Empezó a construir casas para instituciones benéficas y no deja de decirnos a Rafe y a mí que deberíamos hacer lo mismo.

–¿Por qué no lo haces?

–Hago donaciones a varios organismos. Mi dinero vale más que mi trabajo manual.

–¿Eres mentor de alguien?

–No –la pregunta lo pilló desprevenido–. Mi horario está a tope. No sería justo ofrecerme como mentor teniendo tan poco tiempo que dedicar.

–Hum –murmuró ella.

Irritado por el soniquete de reproche, Michael estrechó los ojos. La mayoría de la gente habría interpretado el gesto como una advertencia.

–Fue una suerte que tu mentor tuviera tiempo para ti en el hogar de acogida, ¿no crees?

–Mi mentor estaba jubilado. Yo no –dijo Michael. Nadie excepto sus hermanos se habría atrevido a enfrentarse a él de esa manera.

–Excusas, excusas –una sonrisa curvó los labios de Bella–. Pero entiendo que te dé miedo involucrarte.

–¡Miedo! –repitió él, agarró su mano y tiró de ella–. No estarás intentando manipularme para que me involucre, ¿verdad?

–Sí. ¿Está funcionando?

–No, nada –rió Michael admirando su descaro.

–Vale. Te reto a venir al centro infantil de la comunidad a ayudar –lo miró a los ojos y sonrió seductora–. A ver si eres tan valiente –se dio la vuelta y salió de la casa, contoneando el trasero.

–Bruja –farfulló él, desechando su reto. Fue a su despacho, se sentó ante el ordenador y trabajó sin pausa durante la siguiente hora y media.

En el momento en que paró, el silencio se cerró sobre él como una niebla espesa. El reto de Bella reapareció en su mente. Se dijo que era una tontería y una pérdida de tiempo. Bella estaba haciendo algo bueno pero inútil. Los niños no necesitaban pintura. Necesitaban… padres.

Sintió un pinchazo de remordimiento. Extrañado, encogió los hombros y volvió al trabajo. Pero ya no pudo concentrarse.

Diez minutos después, suspiró y, maldiciendo entre dientes, se recostó en el sillón. Sacudió la cabeza. No podía olvidar la expresión de esos hipnóticos ojos de color casi violeta.

Siguió en estado de negación unos minutos, luego apagó el ordenador y decidió reunirse con ella. Le gustaba la idea de sorprenderla y de hacer algo con las manos que no implicara teclear en un dispositivo electrónico. Hasta el diablo tenía conciencia. O tal vez el diablo fuera incapaz de resistirse al reto de una mujer de pelo negro y ojos violeta.

Bella estaba pintando las juntas de una de las salas de juego. Habría preferido pintar zonas grandes con el rodillo porque era mucho más fácil y gratificante. Pero los remates eran cruciales para el resultado final.

—¿Un bocadillo? ¿Agua? —ofreció Rose, la madre de uno de los niños que acudían al centro.

Bella sonrió y alzó su botella de agua.

—Todavía me queda, gracias. ¿Qué tal van las otras habitaciones? —pregunto.

—Muy bien. Lo malo es que aún no han venido a arreglar la caldera —dijo Rosa—. Es de gas y me preocupa mucho la seguridad de… —calló—. Hola. ¿Puedo ayudarlo? —preguntó.

—Me preguntaba si vendrían bien un par de manos más —dio Michael.

Bella, giró en redondo y volcó el bote de pintura.

—Oh, no —se agachó rápidamente, pero él ya lo había recogido. Sus rostros se rozaron. Michael esbozó una sonrisa que a ella le aceleró el pulso.

—No sabía que planeabas pintar el suelo.

—Ha sido culpa tuya —hizo una mueca—. Me has sorprendido. Estaba segura de que no ibas a venir. ¿Por qué has venido? —hizo una pausa y contestó ella misma—. Por el reto.

—No acepto todos los retos. Depende de quién los haga y de qué traten.

—Bueno, pues entonces me siento honrada —le puso una brocha en la mano—. Rose, éste es Michael Medici. El hijo de Rose participa en las actividades del centro —explicó Bella.

—Encantado —dijo Michael.

—Es un placer, señor Medici —Rose lo miró con admiración—. Agradezco su ayuda. Discúlpeme, tengo que ir a echar un vistazo a mi hijo.

—Me encantaría que acabaras de pintar todos los bordes —dijo Bella, preguntándose cómo reaccionaría al poco agradable encargo.

—Eso está hecho —miró a su alrededor y encogió los hombros con indiferencia.

Bella lo observó poner manos a la obra y vio que trabajaba rápido y bien.

—¿Dónde adquiriste experiencia como pintor?

—Pinté la residencia de acogida entera dos veces. La primera cuando vivía allí, de adolescente, y otra después de irme. A nadie le gustaba pintar las juntas, así que lo hacía yo.

—Y te convertiste en un experto —dijo ella, envidiando su técnica—. Lo haces muy bien.

—Es parte de mi filosofía. Si decides hacer algo, hazlo mejor que nadie.

Ella tendría que haberlo supuesto. Su competitividad no se debía sólo a la necesidad de sobrevivir sino también a su empeño en triunfar. Sin embargo, seguía preguntándose por qué había aceptado su reto. Tal vez su cínico y duro exterior ocultaba una ternura secreta.

–¿Quieres algo de comer o…? –una ruidosa explosión hizo temblar el edificio–. ¿Qué ha sido eso? –Bella corrió hacia la puerta.

–Eh –Michael agarró su mano–. Sal de aquí ahora mismo y llama al número emergencias.

–No puedo irme. Hay que ver cómo están los demás voluntarios.

–Yo me ocuparé de eso –Michael miró por el pasillo–. Hay humo en la parte trasera del edificio. No hay tiempo que perder. Sal fuera.

–Pero…

–¿Es que voy a tener que sacarte? –la miró fijamente–. Lo haré si no hay más remedio.

–No, pero…

–Nada de peros. Sal y haz esa llamada.

Bella comprendió que no serviría de nada protestar. Corrió hacia fuera, echando un vistazo a las habitaciones que iba dejando atrás. No vio a nadie. Marcó el número de emergencias en el móvil y contempló, horrorizada, las llamas que salían por la parte de atrás del local.

Un momento después, un hombre sacó a Rose por la puerta principal.

–Mi bebé –gritaba ella–. Mi niño sigue dentro.

–Oh, no –Bella abrazó a la llorosa mujer.

Se oían sirenas acercándose. Bella miró el edificio y se preguntó dónde estaba Michael.

–Tengo que entrar –dijo Rose.

–No puedes –dijo Bella, deseando poder ir ella a buscar al niño–. Tienes que estar aquí esperándolo cuando salga.

–¿Y si no sale? –Rose la miró con los ojos llenos de lágrimas–. Había mucho humo ahí dentro. Yo apenas podía respirar.

Bella temió por la seguridad de Michael. El primer coche de bomberos llegó justo cuando se oía otra explosión al fondo de la casa. Todos los voluntarios gritaron con horror.

A Bella se le encogió el corazón. Michael…

Los bomberos corrían hacia la puerta cuando Michael salió con un niño pequeño en brazos. Estaba cubierto de hollín y tosía con fuerza. Un médico corrió hacia él.

–Rose –dijo Bella, ronca de emoción–. Rose, ¿no es ése tu hijo? –obligó a la mujer a alzar la cabeza. Rose se llevó la mano al cuello.

–Mi bebé. Mi nene –gritó. Corrió hacia él.

Bella, asaltada por emociones que era incapaz de definir, vio cómo Michael rechazaba al médico y miraba a su alrededor, buscándola. Sus ojos se encontraron y fueron el uno hacia el otro. Ella vio arañazos y alguna quemadura en sus brazos.

–Vámonos. No quiero que estés en medio de todo este lío –intentó disimular una tos.

–¿Yo? Yo he estado afuera, mirando. Eres tú quien ha estado ahí dentro demasiado tiempo.

–Oí al niño gritar, pero no sabía dónde estaba. Entré en todas las habitaciones. Al final probé los armarios. Lo encontré en uno. ¿Han salido todos?

–Eso espero –Bella miró a su alrededor. Empezaba a formarse una multitud–. Allí está la coordinadora de voluntarios. Está comprobando la lista –la mujer la saludó con la mano.

–Vamos a ver si ha salido todo el mundo –Michael

le dio la mano. Tras comprobar que era así, Michael contestó a las preguntas de la policía y de los bomberos–. Ya podemos irnos –le dijo.

–¿No sería mejor que antes te examinara un médico? –sugirió ella.

–No. La prensa llegará en cualquier momento.

–¿Te asusta la prensa?

–No –hizo una mueca–. Pero me gusta preservar mi intimidad.

Ella escrutó su rostro y, al ver su expresión de incomodidad, comprendió la verdad.

–No quieres que sepan que te has portado como un héroe.

–Nada de héroe –se mofó él–. Oí a un niño gritar y lo saqué del edificio, nada más.

–De un edificio en llamas –corrigió ella–. Necesitas que te vea un médico.

–Ya basta –tiró de ella–. Si estás tan preocupada por mis heridas, puedes curarlas tú cuando lleguemos a casa.

–¿Y mi coche? –preguntó ella, al ver que la conducía hacia su todoterreno.

–Pediré a un chófer que venga a recogerlo.

Una hora después, tras una dolorosa e incómoda ducha, Michael salió al dormitorio con una toalla enrollada a la cintura. Bella estaba junto a la cama. También debía de haberse duchado porque tenía el pelo húmedo y se había cambiado de ropa. Ella señaló la cama. Michael vio que había puesto una sábana limpia sobre la colcha.

–¿Tienes planes para mí? –preguntó, excitándose a pesar de sus dolores.

–Crema antiséptica para las heridas y aceite de eucalipto para el masaje –le mostró un tubo y una botellita. Después puso un CD de música relajante, con sonidos de la naturaleza.

–Masaje, sí –dijo él con aprobación.

–No tengo título, pero he aprendido bastante por mi cuenta –agitó la mano–. A la cama.

–Ha sonado a orden –protestó él, tumbándose.

–Porque lo era.

Sonriente, estudió su rostro y empezó a ponerle antiséptico en los arañazos. Deslizó las manos por sus hombros, brazos y manos.

Michael estaba acostumbrado a recibir atenciones sexuales, pero las caricias de Bella tenían un efecto más intenso. No recordaba la última vez que alguien había curado sus heridas. Cuando empezó a extender el aromático aceite en sus hombros, tuvo la sensación de que un reguerillo de agua recorría partes de su ser que llevaban secas y abandonadas una eternidad. No estaba seguro de que le gustara esa sensación.

–¿Siempre estás así de tenso? –preguntó ella, mientras masajeaba su hombro derecho.

–Tuve que arrancar la puerta del armario –hizo una mueca de dolor–. Estaba atrancada.

–Eso no lo habías dicho –hizo un mohín con los labios–. ¿Algo más que necesite saber?

–No. ¿Por qué estás haciendo esto? –preguntó él, escrutando su rostro.

–Porque es necesario y tú no te tomarías el tiempo para hacerlo –pensó que era un hombre complejo, mucho más complicado de lo que había creído. Sentía curiosidad por sus secretos.

–Hay diferencia entre necesitar y querer.

–Calla –puso una mano sobre su boca–. Necesito concentrarme.

–¿Insinúas que te distrae que hable?

–Tu voz es… –clavó los dedos en sus músculos, haciéndole gemir. Sonrió–. ¿Un punto de dolor?

–Mi voz es… ¿qué?

–Absorbente. Bueno, tú eres absorbente, pero eso ya lo sabes.

–¿En qué sentido? –preguntó él curioso. Era obvio que no lo decía como cumplido.

–Eres insufriblemente seguro e inteligente. Te empeñas en dar la impresión de que sólo tomas decisiones basándote en las cifras y no tienes corazón. Pero no es cierto. Hay mucho más bajo la superficie –clavó los pulgares en el músculo que había encima de la clavícula y él hizo una mueca de dolor–. Huy. ¿Bien o mal?

–Estoy bien.

–Tienes que decirme si te hago daño. Si no, después tendrás que tomar algo para el dolor.

Él no la creyó. Era una mujer pequeña. Había recibido más de un masaje y nunca había tenido que tomar analgésicos después.

–Estoy bien.

–De acuerdo –deslizó la mano por su rostro–. Cierra los ojos –ordenó con voz suave. Masajeó sus hombros, brazos y manos. Después hizo que se tumbara boca abajo y siguió con la espalda. Él se preguntó cómo era posible que no se cansara.

Sus dedos presionaban rítmicamente, subiendo y bajando de intensidad. Michael tuvo la sensación de fundirse con el colchón, nunca había estado tan relajado…

Se despertó un rato después. Estaba tapado con una

sábana. Lo decepcionó que Bella no estuviera allí. Había una botella de agua y una nota en la mesilla.

He ido a ver a Charlotte. Bebe mucha agua. Un rato en el jacuzzi sería perfecto después del masaje. Volveré más tarde.

Michael enarcó una ceja. Pocas mujeres se habían atrevido a darle órdenes, y ésas no habían durado mucho. Sin embargo, en ese momento se sentía indulgente. Bella lo había llevado a un nivel de relajación superior. Él los llevaría a ambos a un nivel de placer sexual supremo.

Decidió aceptar la sugerencia del jacuzzi después de revisar sus mensajes. Su BlackBerry estaba en la mesilla, apagado. A Michael no le gustaba que nadie tocara su teléfono. Irritado, lo encendió y vio un mensaje de texto de su detective privado. Le telefoneó inmediatamente.

—Sam Carson —contestó un hombre—. ¿Es el señor Medici?

—Sí. Tiene noticias.

—Sí, pero no le van a gustar.

—¿Qué? —a Michael le dio un vuelco el corazón—. ¿Ha encontrado su cuerpo?

—Eso habría sido más fácil que lo que tengo que decirle —Carson suspiró.

Capítulo Ocho

Cuando Bella regresó, a las nueve de la noche, la casa estaba a oscuras. Normalmente, algún empleado de servicio le habría dado la bienvenida, pero todo estaba en silencio. Se preguntó si Michael seguía dormido.

Encendió la luz y fue a la cocina por agua. Al salir vio un resplandor en la sala; la chimenea de gas estaba encendida. Sus ojos tardaron un segundo en adaptarse a la penumbra. Michael estaba sentado en un sillón, con un vaso bajo en la mano. Supuso que contenía algún licor de precio prohibitivo. Luego captó su mirada turbulenta.

Algo había ocurrido en su ausencia.

–¿Pasa algo malo? –preguntó, acercándose.

–Nada de lo que quiera hablar –tomó un sorbo del vaso–. ¿Quieres beber algo?

–Estoy bien –dijo ella, mostrándole el agua.

–Sí que lo estás –dijo él con un brillo seductor en los ojos.

–¿Estás bien tú? –preguntó ella insegura, sin saber a qué atenerse.

–Sí –afirmó él, con un tono de voz que indicaba todo lo contrario.

–Tendrías que estar bebiendo agua. ¿Te has metido en el jacuzzi?

–No más órdenes hoy, Bella. Y no, no lo he hecho. Ven aquí.

Ella se acercó, aún titubeante. Él le ofreció la mano, tiró de ella y la sentó en su regazo.

—Nunca, nunca jamás, apagues mi BlackBerry sin mi permiso —dijo, taladrándola con la mirada.

—Te perdiste una llamada importante —parpadeó—. Lo siento. En parte —añadió—. Pero en parte no. Necesitabas relajarte.

—Esa decisión no te corresponde a ti.

—Vale. Supongo que no quieres contarme el tema de la llamada —aventuró ella.

—Supones correctamente.

—Noto que algo te está rondando la cabeza. Algo que te incomoda.

—Pues dame otra cosa en qué pensar —dejó el vaso en la mesita y besó sus labios.

Su boca la devoró y empezó a acariciarla, excitándola de inmediato. Ella percibió una oscura desesperación en él, pero no sabía a qué se debía. No tuvo tiempo de reflexionar al respecto. La ropa de ambos no tardó mucho en estar en el suelo.

Él la tomó en el suelo, ante el fuego.

Bella gimió al sentirse poseída cuando la penetraba. Con cada embestida tenía la impresión de consumirse, como si la hubiera hechizado. Se dijo que no podía ser amor. El amor era amable y dulce; lo que había entre ellos era pasional y potente, pero complicado. Y temporal.

«Temporal», se repitió varias veces. Pero resultaba difícil creerlo cuando sabía que nunca había hecho el amor como con Michael. Aunque su pacto había sido sexual, entre ellos empezaba a ocurrir algo más.

***

La mañana siguiente, Bella despertó en la cama de Michael. Como era habitual, él no estaba. Salió de la cama, se puso una bata y fue hacia el pequeño y bien equipado gimnasio. La puerta estaba abierta. Michael, sudoroso, se ejercitaba en la bicicleta elíptica. A juzgar por su ritmo, parecía estar echando una carrera contra el diablo. Bella pensó que, aunque podía ser despiadado en los negocios y evitaba los temas emocionales, Michael tenía sus demonios internos. Sintió el alocado y extraño deseo de liberarlo de ellos.

Una bobada, sin duda. Ni tenía el poder para ayudarlo, ni él aceptaría su ayuda.

Bella no tuvo tiempo para reflexionar sobre sus conflictivos sentimientos por Michael. Reabrieron el spa y su tía y ella estaban muy ocupadas atendiendo a los numerosos clientes.

–Tienes que contratar a más gente –le dijo Bella a Charlotte al final de la primera semana–. Es parte de tu acuerdo con Michael.

–Lo sé, lo sé –Charlotte se dejó caer en una silla–. No soñaba con una respuesta tan abrumadora. Michael tenía razón en lo de ofrecer mini servicios que dieran a la gente la sensación de lujo sin tener que gastar demasiado.

–Y hemos vendido varios bonos de pedicura y manicura con descuento –comentó Bella, ofreciéndole un vaso de té verde con hielo–. ¿Cuándo vas a contratar más personal?

–Hablaré con Michael antes. Esta vez no quiero cometer el error de contratar en exceso.

–Pero tampoco quieres agotarte.

—Eso, eso –dijo una voz masculina desde la puerta. Fred, un hombre de cincuenta y tantos años, que trabajaba en la tienda de informática de la esquina, pasaba a visitarlas a diario.

—Creí que había colgado el cartel de cerrado –bromeó Charlotte, animándose.

—No sirve para tu mejor cliente –dijo Fred con un brillo travieso en los ojos.

—Cliente –rezongó Charlotte–. No has gastado ni un céntimo aquí. Vienes después del trabajo a beberte mi café y hacerme perder el tiempo.

—¿Qué tal si cambio eso? –preguntó Fred–. ¿Puedo llevar a una propietaria con demasiado trabajo a cenar a Buckhead esta noche?

Charlotte parpadeó, se había quedado muda.

—Eh, bueno –carraspeó–. Es muy amable por tu parte, pero aún tengo mucho trabajo que hacer. Hay que repasar las cuentas del día y el inventario.

—Puedo hacerlo yo –ofreció Bella.

—¿No tienes planes con Michael? –Charlotte la fulminó con la mirada.

—No. Está de viaje –afirmó ella. Michael llevaba fuera casi toda la semana. Ella había pasado las noches alternando entre el alivio y la añoranza. Lo último la había sorprendido. Supuestamente, su relación era sólo sexual.

—Pues… no sé –dijo Charlotte, dubitativa.

—Tengo que preguntarte un par de cosas sobre uno de los productos. Están en el cuarto de almacén –dijo Bella. Después miró a Fred–. ¿Podrías disculparnos un momento?

Bella agarró la mano de su tía, la condujo al almacén y cerró la puerta a su espalda.

–¿Por qué no vas a cenar con él? Es obvio que le gustas –susurró.

–Tengo mucho trabajo que hacer –protestó Charlotte–. Además, no me ha avisado con tiempo. Ha entrado aquí suponiendo que aceptaría –se pasó los dedos por el cabello, nerviosa. Aún lo tenía muy corto, pero le sentaba bien así–. Seguramente sólo me ha invitado por lástima.

–Por lástima –Bella resopló–. ¿Y por eso viene cada tarde y a veces a la hora de la comida?

–Tal vez le gusta tomar café y galletas gratis.

–Y por eso quiere llevarte a un restaurante de los mejores –Bella puso los ojos en blanco–. Para compensarte por el café y las galletas ¿no?

–¿Por qué me presionas?

–Porque creo que te gusta y te trataría bien. Te mereces tener a alguien que sea bueno contigo.

–No sé –Charlotte suspiró–. Ya había perdido la esperanza de tener una relación con un hombre.

–Puede que te rindieras antes de tiempo.

–¿De veras crees que tendría que aceptar? –Charlotte tamborileó con los dedos en un estante.

–¡Sí!

Su tía la escudriñó con el ceño fruncido.

–¿Cómo te va con Michael? No hablas mucho de él.

–No hay mucho que decir. Estamos conociéndonos.

–¿Empiezas ya a olvidarte de Stephen?

–Yo no… –sintió un pinchazo en el estómago–. Con Michael tengo otro tipo de relación.

–¿En qué sentido? –curioseó su tía.

–Michael es una diversión –Bella casi se atragantó con las palabras–. Stephen y yo estábamos enamorados.

–Le dijo la sartén al cazo –arguyó su tía–. Me dices

que abra la puerta y le dé una oportunidad a Fred. ¿Cuándo vas a dársela tú a Michael?

Bella pensó que no lo haría nunca, pero sonrió y agitó el dedo ante la cara de su tía.

–No vas a volver esta conversación en mi contra. Necesitas refrescarte y decirle al hombre que hay afuera que cenarás con él.

En Chicago, en su suite, Michael miró la invitación a la cata de vinos que se celebraría en la exclusiva e histórica Essex House, preguntándose si ir o no. Toda la elite de Atlanta estaría allí. No le gustaban esas cosas, pero la Essex House lo cortejaba mucho últimamente. Tenía la sospecha de que querían que se convirtiera en inversor porque tenían problemas económicos. Pero sólo obtendría un voto directivo, no el control, y eso no lo atraía en absoluto.

Sin embargo, convertir la Essex House en un éxito financiero sería un reto de lo más seductor.

La palabra «reto» le recordó a Bella. De hecho, la tenía en mente muy a menudo. Además de ser puro fuego en la cama, se estaba metiendo bajo su piel en otros sentidos. Esos ojos violeta a veces parecían leer su interior como un libro. Sabía que no era posible, pero aun así…

Miró la invitación de nuevo y tomó una decisión. Abrió el móvil y llamó a Bella.

–Hola. ¿Qué tal Chicago? –contestó ella, que sin duda había visto su nombre en pantalla.

–Hace viento y frío. ¿Qué estás haciendo?

–Algo de trabajo para mi tía. Ha salido a cenar con un hombre –dijo ella con entusiasmo.

–Pareces sorprendida –dijo Michael, sonriendo por el deleite que había captado en su voz.

–Siempre ha sido una adicta al trabajo. Estuvo casada, pero se divorció antes de acogerme. Salía con hombres de vez en cuando, pero nunca hubo nada serio. Un hombre que trabaja en esta calle la invitó a cenar en Buckhead y estuvo a punto de rechazarlo. Tuve que pincharla para que aceptara –Bella se rió–. Así que ella disfruta de una cena gourmet y yo estoy aquí comiendo gominolas.

–Podrías llamar a mi chef y decirle que te lleve algo –ofreció él.

–Gracias, no hace falta. ¿Cómo va tu trabajo?

–Bien. Volveré mañana por la mañana y tengo que asistir a un evento por la noche. Me gustaría que me acompañaras.

–¿Qué es? –preguntó ella, dudosa.

–La cata de vinos del Día de San Valentín, en Essex House.

–¿Essex House? ¿Esa cata de vinos que sale en televisión y en los periódicos?

–Sí, y en las revistas nacionales. Empieza a las siete. Puedes vestirte en mi casa o…

–Eh, no he dicho que iría. Para empezar, eso hará pública nuestra relación. Ya te dije que no quería que eso ocurriera.

–¿Por qué te preocupa tanto eso?

–Porque no quiero tener que dar explicaciones cuando terminemos –repuso ella.

–No es tan grave –Michael se estaba irritando.

–Puede que para ti no. ¿Qué se supone que tendría que decir? ¿Que hicimos un pacto sexual y que ha llegado a su término?

–Pactamos una aventura –Michael frunció el ceño–.

Una aventura incluye otras actividades. Si te preocupa tanto, di a la gente que me has dejado.

–Ya –Bella soltó una risa–. Como si alguien fuera a creérselo.

–¿Por qué no iban a hacerlo?

–Porque las mujeres no suelen dejar a los solteros ricos y guapos.

–Tú serás la excepción –arguyó él–. Si no estás en mi casa a las seis, te recogeré en la tuya a las seis y media. Disfruta de las gomi...

–¡Espera!

–¿Qué?

–No tengo nada que ponerme –confesó ella.

–Compra algo mañana. Yo lo pagaré. Te enviaré al chófer con mi tarjeta de crédito.

–Mañana trabajo. El sábado es el día con mayor afluencia de clientes de la semana.

–Pues aprovecha la hora del almuerzo –dijo él.

–Eres un mandón –Bella suspiró–. Te estaría bien empleado que superases el límite de tu tarjeta.

–Cariño, inténtalo –rió él–. No lo conseguirías ni en un año, te lo aseguro.

Tras una ajetreada mañana en el spa, Bella fue directa al distrito de la moda. La incomodaba utilizar el dinero de Michael, pero no tenía otra opción. Visitó varias boutiques sin encontrar nada a su gusto. Aceptar su dinero le recordaba cuánto habría deseado poder ayudar a su tía por sí sola. Por impulso, fue a una tienda de ropa de época y encontró un vestido estilo años veinte, de gasa negra y bordados de cuentas, que podía conjuntar con unas botas negras y un fular de seda.

Estaba maquillándose cuando sonó el timbre de la puerta, el corazón le dio un bote. Supuso que era el chófer de Michael.

–Un minuto –dijo. Recogió el fular, el bolso y el abrigo y abrió. Era Michael, impresionante vestido de esmoquin. Se quedó sin aliento.

–Oh, no te esperaba a ti.

–¿A quién esperabas?

–Al chófer –dijo ella.

–Estás… –Michael la miró de arriba abajo y sonrió–. Deslumbrante.

–Gracias –dijo ella con alivio–. No me pasé con tu tarjeta de crédito.

–Te dije que eso no me preocupaba –miró hacia el interior del piso–. ¿Aquí es donde vives?

–Sí –intentó no avergonzarse. Su piso probablemente habría servido de armario en casa de él–. Es pequeño, pero acogedor.

–No era una crítica –dijo él.

–Tu casa es mucho más lujosa, pero a mí me gusta tener mi rinconcito.

–Lo dices como si siempre hubiera vivido como vivo ahora –se quejó él–. Pero ya sabes de dónde vengo.

–Viéndote con esmoquin, es fácil olvidarlo.

–No lo hagas. Una de las cosas que me gusta de ti es que no te impresiona mi riqueza.

–Entonces, ¿te gusta que sea desagradable? Tal vez tendría que decirte que he decidido no ir a la cata de vinos.

–De eso nada –agarró su mano–. Además, se nota que quieres ir.

–He leído lo que dice el periódico. Se supone que los postres son de órdago; eso merece la pena.

Michael la llevó a la limusina y el chófer condujo a Essex House. La cuidada mansión zumbaba de actividad. Enormes lámparas de araña iluminaban los suelos de mármol y los muebles antiguos. En alguna de las salas, un pianista ejecutaba piezas de música romántica. Bella entrelazó los dedos con los de Michael, casi se sentía como si fuera una cita auténtica.

–¿Qué te parece? –inquirió él.

–Es preciosa. Se diría que tiene personalidad propia, como una mujer de alta sociedad del XIX.

–Excelente descripción –dijo él–. Mantener a una mujer de la alta sociedad sale muy caro.

–Es una suerte que sigan ganando lo bastante como para seguir haciéndolo.

–Eso no está claro –Michael sonó dubitativo.

–¿Qué quieres decir? ¿Tienen problemas?

–Me han pedido que haga una inversión de mi dinero y experiencia, pero las decisiones finales las toma la junta directiva en pleno.

–¿Y eso implica que no tendrías el mando? –Bella movió la cabeza–. Les deseo buena suerte.

–Ya veremos –Michael se rió–. Al menos he venido, eso es algo.

–Tendría que haber adivinado que esto era cuestión de negocios –dijo ella, sin saber por qué se sentía decepcionada. No tendría que haberle importado. Era el día de San Valentín y muchas parejas pensarían que era romántico estar allí, pero ella no tenía por qué hacerlo.

–Suenas decepcionada –escrutó su rostro. Ella negó con la cabeza, avergonzada

–Aún no hemos llegado a los postres –le dijo, con una sonrisa forzada. Un hombre calvo se acercó a Michael, dándole a ella un respiro.

–Señor Medici, soy Clarence Kiddlow. Hablamos por teléfono. Me alegra que decidiera asistir. Esta noche somos la envidia de toda la ciudad –dijo el hombre con orgullo.

–Señor Kiddlow, le presento a mi acompañante, Bella St. Clair.

–Encantado de conocerla –Clarence le estrechó la mano y luego señaló a un camarero–. Tomen una copa de vino. Hemos empezado con un blanco de Virginia. Es suave –esperó a que Michael catara el vino–. ¿Qué le parece?

–Bella es quien entiende de blancos. ¿Qué opinas? –le preguntó a ella.

–Muy agradable –dijo ella, agradeciendo el detalle. El camarero le llenó la copa.

–Me gustaría enseñárselo todo y comentarle nuestros planes –dijo Clarence–. Creo que le parecerán interesantes.

–Gracias. Tal vez después. A Bella y a mí nos gustaría echar un vistazo antes, solos.

–Por supuesto –Clarence intentó ocultar su sorpresa–. Avíseme cuando estén listos.

–Creí que habías venido para investigar la posibilidad de invertir en Essex House –musitó Bella, cuando Michael la alejó de allí.

–No he venido a una presentación de mercado –repuso él con impaciencia–. No soy idiota. Pudiendo elegir entre la compañía de Clarence y la tuya, ¿cuál esperabas que eligiera?

–Me dejas sin habla –Bella parpadeó, complacida–. El grandioso Michael Medici acaba de hacerme un cumplido.

–Que no se te suba a la cabeza –dijo él, guiándola

por el salón. Señaló una habitación a la izquierda–. Creo que he visto lo que buscas.

–Un delicioso postre, sí. Sin embargo, Michael, me pregunto qué buscas tú.

Él se volvió hacia ella y la miró fijamente.

–Tengo cuanto necesito y más. Si quiero otra cosa, encuentro la forma de conseguirla. Tú deberías saberlo.

–Supongo que sí, pero hablaba del postre –contestó ella, inquieta por su expresión.

–Disfrutaré viéndote comer a ti. Ven. –sonrió. Había tanta gente alrededor de la mesa que era difícil acercarse–. Espérame. Iré yo.

Ella lo observó alejarse y se preguntó cómo conseguía pasar entre la gente con tanta facilidad. Era como si supieran que tenían que rendirse ante él. Bella se preguntó si su dura infancia le había instilado esa cualidad. No podía negar que la fascinaba y quería saber más de él No estaba enamorada, ni lo estaría, pero se estaba encariñando más de lo que había previsto.

Michael volvió unos minutos después, con el postre más decadente que Bella había visto en su vida. Miró el pastel de chocolate y lo miró a él, preguntándose si sabía cuánto tenía en común con el dulce. Decadente y prohibido, ambas cosas acababan pasando factura a una mujer.

–Dime qué te parece –Michael se acercó y llevó una cucharada llena a su boca.

Capítulo Nueve

Bella aceptando el reto de su mirada, pero diciéndose que no tenía importancia, abrió la boca y saboreó lentamente el delicioso postre.

–Está muy bueno –dijo llevando la mano a la cuchara–. Realmente bueno.

–No tan rápido –Michael alejó la cuchara.

–Está prohibido hacer de rabiar –protestó ella.

–Tú te pasas el día haciéndomelo a mí.

–Dame el chocolate y nadie saldrá herido –amenazó.

Él se rió y volvió a llevar la cuchara a su boca. Cuando la aceptaba, Bella vio un rostro familiar. El chocolate se quedó pegado a su garganta.

–¿Bella? –dijo Stephen, claramente sorprendido por verla en un evento de esa clase. Iba acompañado por su nueva prometida–. Bella, ¿qué haces aquí? –preguntó Stephen, al ver a Michael dio un respingo–. Michael Medici.

–Michael, me alegra verte –Britney esbozó una amplia sonrisa–. Nos conocimos hace dos años, en la cena benéfica de afecciones cardíacas.

Michael asintió y miró a Stephen.

–¿Y él es?

–Stephen, mi prometido –soltó una risita–. La boda será en agosto. Nos encantaría que vinieras. Sabes que mi padre tiene muy buena opinión de ti.

–Dale recuerdos de mi parte –dijo Michael–. ¿De qué conocéis a Bella?

–Yo podría preguntar lo mismo –dijo Stephen, mirando el postre de chocolate que Michael tenía en la mano y luego a Bella.

–Stephen y yo nos conocimos en la facultad.

–Ah –Michael se volvió hacia Stephen–. Bella y yo nos conocimos por temas de negocios.

–¿En serio? ¿Bella tiene negocios?

–He estado trabajando con mi tía en el spa –aclaró Bella.

–Oh, creí que había tenido problemas con… –Stephen calló al ver la fría mirada de Michael.

–Los tuvo, pero ahora el negocio va muy bien –dijo Michael–. Os deseo lo mejor en vuestro matrimonio. Disfrutad del evento.

–Muchas gracias –contestó Britney. La pareja, notando que sobraba, se alejó.

–¿Cuál es la verdadera historia con Stephen? –preguntó Michael, en cuanto se fueron.

–Es agua pasada –no pudo evitar un leve deje de amargura–. Me pregunto qué vino servirán a continuación –esquivó su mirada–. Vamos a…

–Bella, tengo buen instinto y sé que me escondes algo –dijo Michael, agarrando su mano.

–No es una historia adecuada para el entorno. ¿Podemos olvidarlo y disfrutar del resto de la velada?

–La pregunta es si tú puedes olvidarlo.

–Como dudo que tenga otra oportunidad de estar en Essex House, haré todo lo posible.

–De acuerdo –Michael la miró con aprobación–. Vamos a probar ese segundo vino.

Michael consiguió mantener a Bella lejos de Britney

y de Stephen. No resultó difícil. Había muchísima gente. Notó que muchos hombres miraban a Bella y también que ella no se daba cuenta. Estaba muy ocupada admirando el entorno y leyendo las biografías de los antepasados que habían construido y habitado la mansión.

Probaba los vinos y los postres, pero parecía haberse apagado desde su encuentro con Stephen. Michael volvió a preguntarse qué había entre ellos. Sabía que habían sido amantes y eso lo había puesto celoso. Michael nunca se había considerado un hombre posesivo y no recordaba que ninguna mujer le hubiera provocado celos.

Se dijo que el historial romántico de Bella no tenía por qué importarle. Sabía que ella sentía atracción por él; su respuesta en la cama no podía ser simulada. Era suya por el momento, hasta que dejara de desearla. Ése era el trato.

De repente, sintió una vaga insatisfacción por la forma en que la había persuadido a aceptarlo. Si hubiera tenido otra opción, Bella lo habría rechazado. Él, sin embargo, había sabido desde el primer momento que tenían que estar juntos hasta que la pasión se consumiera.

—¿Estás lista para irte? —preguntó, al verla disimular un bostezo.

—Ha sido un día muy largo —le sonrió—. Tendrías que ir a hablar con el hombre que nos dio la bienvenida. Se sentirá decepcionado si no tiene oportunidad de hablar contigo esta noche.

—Lo superará.

—Pero has venido por un tema de negocios. ¿No quieres hablar con él?

—Esta noche no. Pondré un mensaje al chófer para

que venga a recogernos. No tardará –la llevó hacia la entrada y recogieron su chal.

La limusina apareció segundos después de que salieran. Bella apoyó la cabeza en el respaldo, suspiró y cerró los ojos. Él sacó una botella de agua fría del minibar y se la puso en la mano.

–Gracias –abrió los ojos, parpadeó y sonrió.

–De nada. Ahora háblame de Stephen y de ti. Te pusiste blanca como una sábana al verlo.

–Podría recordarte que tú no me contaste qué te preocupaba la noche que te encontré sentado a oscuras junto al fuego –arguyó ella.

–Podrías, pero no sería inteligente.

–¿Así que tú puedes tener tus temas privados y yo no? –contraatacó ella–. Si tú no hablas de tus cosas, yo tampoco tengo por qué hacerlo.

Michael sintió una intensa frustración. No estaba acostumbrado a que se enfrentaran a él.

–Parecías a punto de desmayarte. Tendrías que haberme prevenido para que cuidara de ti.

–Tenemos un pacto, ¿recuerdas? No tienes que cuidar de mí. Además, no puedes hacer nada respecto a este tema. Nadie puede.

–¿Cómo sabes que no puedo hacer nada?

–Stephen y yo íbamos a casarnos –sus ojos se llenaron de lágrimas–. Se enamoró de otra mujer y ahora va a casarse con ella –su voz se cascó–. ¿Ves? Nadie puede hacer nada al respecto.

Michael la miró. Una extraña sensación de angustia le atenazó el estómago.

–Sigues enamorada de él, ¿verdad?

Ella cerró los ojos y una lágrima traicionera rodó por su mejilla.

Michael pensó que no tenía por qué importarle. Su relación era básicamente física y él evitaba las escenas emocionales como a una plaga. Sin embargo, le molestaba un montón que la mujer que llevaba semanas compartiendo su cama estuviera enamorada de otro hombre.

Alzó la mano y pasó el dedo por la mejilla húmeda, mirando sus ojos tristes.

—Se equivocó en su elección. Britney lo volverá loco con esa voz tan chillona que tiene.

Ella esbozó una sonrisa temblorosa, volvió a cerrar los ojos y dejó escapar otra lágrima. Él asolado por una extraña mezcla de emociones, la rodeó con los brazos.

—Si te dejó, es que no es digno de ti.

Ella tomó aire para recobrar la compostura.

—Eso es fácil decirlo. Mi corazón dice algo muy distinto —lo miró a los ojos.

—¿Qué dice tu corazón?

—Que era el hombre para mí.

Él se sintió como si le hubiera dado una puñalada en el vientre. Su orgullo alzó la cabeza.

—Si era tu hombre y estabas enamorada de él, ¿por qué aceptaste tener una aventura conmigo?

—Ya había arruinado mi futuro —desvió la mirada—, y le había fallado a mi tía cuando estaba gravemente enferma. Aceptar tu oferta me permitía, al menos, compensar a Charlotte.

—Y el deseo no tuvo nada que ver —dijo él, incrédulo—. Odiaste cada minuto en mi cama.

—No he dicho eso —se mordió el labio y lo miró de nuevo—. No puedo negar que hay mucha pasión entre nosotros, pero sabía que no era amor.

Él había conseguido lo que buscaba: pasión sin

complicaciones emocionales. Se preguntó por qué, entonces, no le parecía bastante.

Michael no durmió con ella esa noche ni la siguiente. Bella se preguntó si había cambiado de opinión y ya no la deseaba. Su ausencia le provocaba una extraña mezcla de alivio y vacío.

Su pasión había sido tan abrasadora que a veces ni podía respirar, menos aún pensar. Sin él, se quedó sola con sus pensamientos y emociones.

Para huir del dolor trabajaba horas extra en el spa, preguntándose si Michael dejaría de prestarles ayuda al haber perdido interés en ella. Michael también salía de casa temprano y no regresaba hasta tarde. Tras cuatro noches así, Bella decidió dormir en su piso. Tal vez ni se daría cuenta y ella dormiría mejor estando lejos.

A las diez de la noche llamaron a su puerta. Bajó el volumen de la televisión y fue a mirar por la mirilla. El corazón le dio un vuelco. Era Michael y parecía impaciente. Abrió.

—¿Por qué estás aquí? —preguntó él, entrando y cerrando la puerta.

—Bueno, he estado trabajando hasta tarde y tú también, así que se me ocurrió dormir aquí hoy.

—¿Eso es todo? —la taladro con la mirada.

—Bueno, en realidad no hemos... —tragó saliva. Su escrutinio le resultaba insoportable.

—No hemos, ¿qué? —enarcó una ceja.

—Hum. Hablado.

—Te afectó mucho el incidente en Essex House. Pensé que sería mejor darte algo de tiempo.

–Ah. Eso es muy considerado –dijo.
–Pareces sorprendida –sonrió de medio lado y alzó la mano para silenciarla–. No hace falta que te defiendas. ¿Te importa que me quede un rato?
—No, no –iba de sorpresa en sorpresa. ¿Quieres algo de beber? No tengo mucho –añadió.
–¿Cerveza? –sugirió él, quitándose la chaqueta de cuero y sentándose.
–Lo siento, no. Agua, zumo y refrescos.
–Agua está bien –miró la televisión–. Estabas viendo el baloncesto. ¿Cómo van los Hawks?
–Dímelo tú –Bella sacó dos botellas de agua de la nevera y metió una bolsa de palomitas en el microondas.
–Cinco puntos arriba. No está mal. No sabía que eras aficionada.
–Cuando estuve fuera del país echaba de menos los deportes –admitió ella. Abrió el microondas y puso las palomitas en un cuenco.
–¿Has visto algún partido en directo?
Ella se sentó a su lado y negó con la cabeza.
–Tendré que llevarte alguna vez.
Bella estuvo a punto de preguntarle por qué, pero se calló a tiempo. Estaba viendo un lado distinto de Michael, el que había percibido la primera noche que charlaron, cuando ella aún no sabía que era un adicto al trabajo.
Comieron palomitas y vieron el partido. Después, Michael apagó la televisión y la miró.
Ella sintió un escalofrío de anticipación. Conocía esa mirada y sabía bien lo que iba a ocurrir. La llevaría a la cama y le haría olvidar todo excepto la pasión que compartían.

Michael se inclinó lentamente y la besó con la destreza de un amante que conoce los gustos de su pareja. Ella empezó a arder, quería mucho más.

Él profundizó el beso y ella se perdió en su sabor, en su aroma y en el movimiento de sus músculos, que sentía bajo la yema de los dedos. Entonces Michael se apartó, tenso.

–Lo he pasado muy bien. Te veré mañana –dijo, poniéndose en pie.

–¿Mañana? –Bella, atónita, vio que se ponía la chaqueta. Tensó las piernas y se levantó.

–Sí, te llamaré. Echa el cerrojo, ¿vale?

Bella asintió y lo observó salir. Se preguntó qué diablos estaba ocurriendo.

Michael la llamó al día siguiente, pero no sugirió que se vieran. Más confusa que nunca, volvió a quedarse hasta tarde en el spa.

–Vete ya –dijo su tía–. Últimamente has estado trabajando demasiado.

–No es cierto –negó Bella–. El negocio va de maravilla y estoy aquí para asegurarme de que tú no trabajas en exceso.

–Vale, pero si haces un inventario más, desgastarás las etiquetas –Charlotte escrutó su rostro–. Hace días que no veo a Michael.

–Está muy ocupado –Bella, para evitar el escrutinio de su tía, fue a ordenar el mostrador de recepción–. Siempre tiene cosas que hacer.

–Hum –Charlotte se acercó–. ¿Aún os veis?

–Claro. Anoche vino a casa a ver el partido de baloncesto –dijo Bella.

–Hum –repitió Charlotte–. Hay algo que no me estás contando. Algo no va bien.

–Todo va de maravilla –afirmó Bella–. Mi adorada tía está recuperada y sale con un hombre. El spa va genial. No podría estar más contenta.

–Tal vez si lo repites a menudo, acabes creyéndotelo –Charlotte le agarró la mano–. Me preocupas. Has sacrificado tus planes por mí.

–¿Qué planes? –preguntó Bella–. Además, ya cumplí mi sueño el año pasado. Ahora es tu turno.

–No quiero que seas infeliz –Charlotte arrugó la frente–. ¿Sigues pensando en Stephen?

–Stephen ha seguido con su vida –Bella no pudo ocultar sus sentimientos–. Ya lo sabes.

–Y tú tienes que hacer lo mismo –la instó Charlotte–. ¿No te gusta Michael? Nos ha ayudado mucho y es guapísimo. ¿No te trata bien?

–Claro que sí –dijo Bella–. Simplemente, Michael es un hombre muy distinto a Stephen.

–Desde luego que sí. Es un líder, no un seguidor. Y si quieres que sea tuyo vas a tener que darle batalla.

–¿Qué? –Bella parpadeó.

–Michael Medici se merece que hagas un esfuerzo. Nunca tuviste que esforzarte con Stephen. Siempre estuvo a tu disposición.

–Hasta que me marché –se quejó Bella.

–Es tu ego el que habla –apuntó Charlotte.

–No es verdad –Bella la miró boquiabierta–. Stephen y yo estábamos muy enamorados.

–Necesitas un hombre, no un chico –Charlotte agitó la mano–. ¿Quién sabe cuándo Stephen madurará y se valdrá por sí mismo? Michael Medici es tu hombre. Sólo tienes que asegurarte de que él se entere.

Llamaron a la puerta y Charlotte sonrió.

–Es Fred. Vamos al teatro –fue hacia la puerta–. Tienes que salir de aquí y divertirte. Estás empezando a comportarte como una anciana –le tiró un beso–. Buenas noches, cielo.

Bella movió la cabeza. No podía ir tras Michael, no sabría cómo hacerlo. Le tenía cariño como ser humano, y agradecía su ayuda, pero no lo amaba. Se sonrojó al recordar cómo hacían el amor. Era apasionado, pero mantenía la distancia emocional. Bella quería un hombre que llevara el corazón en la mano; ése no era Michael.

Sonó el móvil y miró la pantalla. A su pesar, el corazón le dio un brinco al ver quién era.

–Hola, Michael –saludó.

–Tengo entradas para un partido de los Hawks mañana por la noche. ¿Quieres ir?

La sorprendió que preguntara. Las veces anteriores, había exigido su presencia.

–Si no quieres…

–No –contestó–. Es decir, sí. Me encantaría.

–Bien. Te recogeré a las seis. Podemos cenar antes –colgó, sin más.

Bella miró el teléfono y se rió. Desde luego, de corazón en la mano, nada. Aun así, ella ya estaba pensando en qué ponerse.

Capítulo Diez

Fueron al restaurante en limusina. Bella notó que no había terminado de decir su nombre y ya estaban conduciéndolos a una mesa, con vistas a la fuente iluminada que había en el centro del salón. Segundos después, llegó un camarero con la lista de vinos.

–Había oído hablar de este sitio. Es precioso.

–Un poco teatral, pero está bien. Llevo años intentando robarles al chef.

–¿Y el poderoso Michael Medici ha fracasado?

–El chef está casado con la hija del propietario –se justificó Michael.

–Supongo que eso incrementa el reto –Bella se echó a reír–. Me sorprende que no hayas optado por comprar el restaurante.

–Lo intenté –admitió Michael–. Pero la restauración es la pasión de Anthony. Seguirá aquí hasta el fin de sus días.

–¿Y lo admiras?

–Sí. Llegó a la cima desde abajo. No de la misma manera que yo. Pero lo tuvo difícil.

El camarero llegó a tomar nota. Mediada la cena, un hombre orondo, de mediana edad, se acercó a la mesa.

–¿Estáis disfrutando de la cena? –preguntó.

–Deliciosa, Anthony –Michael se levantó–. Sé dónde ir cuando quiero impresionar a alguien.

–Muy amable –Anthony se rió y atrapó la mano de

Michael entre las suyas–. Digas lo que digas, no venderé.

–Tenía que intentarlo –suspiró Michael–. La dama está muy impresionada. Bella St. Clair, es un placer presentarte a Anthony Garfield.

–Bella –Anthony le ofreció la mano–. Entiendo que la hayas traído a mi restaurante. Una mujer así sólo se merece sitios de primera clase.

–No estarás criticando mis restaurantes, ¿eh, Anthony? –Michael le guiñó un ojo a Bella.

–Yo no haría eso –Anthony encogió los hombros y le lanzó una mirada chispeante de humor–. Te he enviado a varios de mis clientes.

–Cuando aquí no cabía un alfiler.

–Igual que haces tú –dijo Anthony–. Eres buen competidor, alguien tiene que mantenerte en vilo.

–Y tú eres el más indicado para conseguirlo. Cenar aquí es un placer.

–Gracias. Es un halago viniendo de ti –miró a Bella–. Manténgalo a raya, ¿de acuerdo?

–No sé si es posible mantener a Michael a raya –dijo Bella. No sabría ni por dónde empezar.

–Todo hombre tiene su punto débil. Os deseo una grata velada –se despidió.

–Solemos turnarnos en el primer y segundo puesto de la lista de mejor restaurante del año. Odio que me ganen, pero con Anthony no me molesta tanto –dijo Michael, sentándose.

–Parece respetarte –dijo ella–. Me sorprende que no me hayas llevado a uno de tus restaurantes.

–¿No me has oído decir que sabía dónde ir cuando quería impresionar a alguien?

Sus miradas se encontraron y ella sintió una corriente eléctrica. No podía querer impresionarla, no era tan importante para él. Y si lo fuera... de repente, notó que le faltaba el aire.

Cuando acabaron de cenar, la limusina los llevó al estadio. Michael la condujo a un palco con una vista privilegiada de la cancha.

–No me atrevo a preguntar cómo has conseguido estos asientos –murmuró Bella.

–Estoy abonado al palco. Suelo regalar las entradas a clientes importantes –explicó él.

A lo largo del partido, ella estuvo pendiente de cada vez que la tocaba. Primero el hombro, luego la mano. Sus muslos se rozaban y eso la desconcentraba. Una vez puso la mano en su nuca y Bella habría jurado que sintió chispas.

El tiempo pasó volando y, de repente, estaban de nuevo en la limusina.

–¿Quieres tomar algo o prefieres volver ya a tu piso? –preguntó él.

Bella sintió una punzada de frustración. La estaba confundiendo del todo. Soltó un suspiro.

–¿Algún problema?

Ella se mordió el labio, dudando entre hablar o no hablar. Se armó de valor.

–¿Ya no me deseas? –barbotó.

Él la miró un segundo. Luego entrelazó los dedos con los suyos.

–¿No desearte? ¿Por qué preguntas eso?

–Porque hace días que no estamos juntos. Y estabas dispuesto a dejarme en mi piso esta noche.

–Te quiero dispuesta. Quiero que me desees –hizo una pausa–. O eso o nada.

La mente de Bella se convirtió en un torbellino. Si

no iba a exigirle que estuviera con él, no sabía en qué quedaría su pacto. Ni cómo pagaría su deuda con él.

Miró los ojos oscuros y le pareció que algo se tambaleaba en su interior. Era su oportunidad de lavarse las manos de él. Podía volver a su piso y lamerse las heridas el tiempo que quisiera. Podía atiborrarse de helado cada noche. Sola.

O podía estar con el hombre más excitante que había conocido en su vida. Aunque no lo amara. De repente, se sintió como un tren a toda máquina, sin control. Descarrilaría antes o después, pero no podía renunciar a estar con él.

—¿Estás diciendo que seguirías apoyando el negocio de mi tía aunque no volvamos a vernos?
—Sí.
El corazón de Bella se saltó un latido.
—Llévame a casa –tomó aire–. Contigo.

Michael la llevó a casa, sin darle tiempo a cambiar de opinión. En cuanto llegaron, la condujo a su enorme cama y le hizo el amor. Se deleitó con el aroma de su cuerpo y devoró cada centímetro de su piel. Se perdió en su suavidad y en la pasión que latía bajo ella.

No quería pensar en cuánto la había echado de menos, en cuánto la había deseado. Se había convertido en una adición. Seguía estando celoso de Stephen, por ridículo que fuera. Quería borrarlo de su mente para que pensara sólo en él, para que lo deseara sólo a él.

Se preguntaba de dónde habían salido esas emociones. No quería necesitarla ni sentirse tan profundamente vinculado a ella.

A la mañana siguiente, odió levantarse y dejarla.

Pero mantuvo su rutina. Después de hacer su tanda de ejercicios, entre divertido e irritado, escuchó un mensaje en su BlackBerry. Esa tarde vería a Rafe, esposa e hijo, y Damien y esposa, que llegarían a Atlanta en un avión pilotado por Rafe. ¡Nada como avisar con tiempo!

Michael volvió al dormitorio. Al ver a Bella, dormida, tuvo que luchar contra un ataque de posesión. Ya se le pasaría. Nadie había sido nunca suyo por completo; tampoco lo sería Bella.

Se acercó a la cama y deslizó los dedos por su cabello oscuro y revuelto. Ella emitió un sonido suave y apoyó la cabeza en su mano. Lo emocionó el movimiento inconsciente.

Tragó saliva y acarició su mejilla. Ella parpadeó y lo miró con esos ojos violeta.

—Hola —suspiró—. ¿Ya has hecho tus ejercicios, comprado media docena de empresas y creado un nuevo país?

—No —riendo, le alborotó el pelo—. Sólo ejercicio. He venido a avisarte: mis hermanos y familia respectiva caerán sobre mí esta tarde.

—¿Quieres que me vaya? —escrutó su rostro.

—Te harán un millón de preguntas —dijo él, que no había considerado otra posibilidad.

—No has contestado a mi pregunta.

—Quiero que hagas lo que quieras hacer.

—Eso no me ayuda nada —se sentó en la cama—. Sería agradable saber si quieres ocultarme o prefieres que no que sepan nada de mí.

—No me importa que sepan de ti —respondió él, mirándola con atención—. Eras tú quien quería mantener el secreto.

—Pues tengo que admitir que suena aún mejor que

cenar en Cie la Sea y ver un partido de los Hawks en palco –se mordió el labio y lo miró.

–¿Ah, sí? –le hizo gracia su interés–. ¿Por?

–Conocería a tus hermanos. Dos tipos obscenamente triunfadores ¿correcto?

–Supongo que podría decirse eso.

–Y a sus esposas.

–Sí. ¿Adónde quieres llegar?

–Me encanta que te hayan impuesto su presencia así –dio unas palmadas–. No te imagino aceptando imposiciones de nadie.

–Aciertas. Sólo permitiría esto a mis hermanos. Nos hemos perdido demasiados años de convivencia para negarme.

Ella tomó su mano y lo miró con cariño. Él se sintió menos vacío, sin saber por qué.

–Me quedo –afirmó ella.

Michael envió a la limusina a recoger a su familia al aeropuerto. Bella, que paseaba por la sala, se miró en el espejo unas cuantas veces. La tercera vez que se estiró los pantalones, Michael alzó la vista del ordenador portátil.

–¿Estás segura de que quieres conocerlos?

–Claro que estoy segura –dijo ella, intentando controlar sus nervios–. Pero no sé qué esperar, ni qué pensarán de mí.

–Ya me lo dirán, seguro.

–Fantástico. Así que hablarán de mí a mis espaldas.

–Relájate. Les gustarás.

–¿Cómo puedes saberlo?

—Porque tu presencia les proporcionará algo con lo que pincharme.

—¿Por qué dices eso? —Bella se puso las manos en las caderas.

—No les he presentado a muchas mujeres —dijo él, mirando la pantalla del ordenador.

—¿Por qué no?

—No lo sé —encogió los hombros—. Supongo que no me ha apetecido.

—Ojalá no estén esperando a una mujer rica y sofisticada... —empezó ella, cruzando los brazos sobre el pecho.

—No están esperando nada porque no les he hablado de ti.

El ego de Bella sufrió una punzada. Incapaz de soportar su ansiedad un minuto más, suspiró y fue hacia la puerta.

—¿Dónde vas? —preguntó él.

—A hacer una tarta.

—¿Por qué? Para eso tengo cocinero.

—Me dará algo que hacer y la casa tendrá un olor acogedor —masculló ella. En la cocina, Gary, el chef, estaba preparando una lasaña—. ¿Te molestaría si me pusiera a hacer una tarta?

—En absoluto —Gary la miró con sorpresa—. Pero puedo hacerla yo.

—Sé que puedes, y seguramente mejor, pero si no te importa, quiero hacerla yo.

—Claro que no. Si necesitas ayuda, dímelo. ¿Quieres un libro de cocina?

—No, me sé la receta —dijo ella. Empezó a preparar una de las tartas favoritas de su infancia.

Minutos después de que la metiera en el horno,

llamaron a la puerta. Bella oyó un coro de voces, masculinas y femeninas, junto con la de un niño. Se planteó esconderse en la cocina, pero se obligó a salir al vestíbulo.

Al principio, la asombró cuánto se parecían los hermanos. Todos eran altos y morenos. Uno de ellos tenía una cicatriz en la mejilla y su estructura ósea era angulosa. Si no lo hubiera visto sonreír, habría pensado que se parecía a Satán, en guapo. Supuso que era Damien.

El otro hermano tenía a un niño en brazos y a una mujer radiante al lado. Por lo que le había dicho Michael, concluyó que era Rafe, el hermano playboy que había sido domesticado por su mujer.

De repente, notó la mirada de Damien. Sus ojos chispeaban con curiosidad.

—¿A quién tenemos aquí? —le preguntó a Michael.

—Es Bella St. Clair —Michael la miró, sonriente—. Bella, mi hermano Damien y su esposa, Emma. Rafe, su esposa Nicole y su hijo...

—Joel —concluyó ella, sonriendo al adorable niño que parecía una versión en miniatura de su padre, excepto por los ojos azules.

—Tiene ventaja —Rafe arqueó las cejas—. Sabe más de nosotros que nosotros de ella.

—Por lo que he oído de los hermanos Medici, es imprescindible jugar con ventaja —dijo ella—. Encantada de conoceros a todos.

—Eres muy valiente, enfrentándote a todos de una vez —Nicole dio un paso al frente y olfateó el aire—. ¿Qué es ese olor tan delicioso?

—El cocinero de Michael está haciendo lasaña.

—No. Huele a chocolate —dijo Nicole.

—Ah —Bella sonrió—. He hecho mi tarta favorita. De chocolate y salsa de manzana.

—Acabas de ganarte una amiga de por vida —dijo Rafe—. Mi esposa se pasa el día con antojos de chocolate. Me está volviendo loco.

—No es por el embarazo —Nicole le dio un golpe—. El chocolate siempre me ha gustado.

—Y a mí —dijo Emma, ofreciéndole la mano—. Encantada. ¿Cómo os conocisteis Michael y tú?

—En uno de sus restaurantes. Yo trabajaba allí, pero no sabía que era el propietario —dijo Bella—. Nevaba, nos pusimos a charlar y descubrimos que teníamos muchas cosas en común.

—Suena romántico —dijo Emma.

—Fue interesante. Nunca había conocido a nadie como él —dijo Bella.

—Me alegra que Michael tenga... —Nicole se rió—. Una amiga. Es un adicto al trabajo. Claro que Damien también lo era. Y Rafe; pero él proyectaba imagen de playboy.

—¿Por qué hablas de mí como si no estuviera presente? —protestó Rafe.

—Puedo servir la cena cuando queráis —dijo Gary, desde la puerta.

—Ahora mismo estaría bien.

—El hermano mayor ha hablado —sonrió Michael—. ¿Dentro de cinco o diez minutos?

—Desde luego —dijo Gary—. La mesa espera.

—Tengo que ir al baño —dijo Joel.

—Lo acompañaré —dijo Rafe—. ¿Dónde está el cuarto de baño más cercano?

—Por el pasillo a la izquierda —dijo Bella.

—Es difícil creer lo rápidamente que se ha adaptado a ser un buen padre –murmuró Nicole, mientras Rafe se alejaba con su hijo.

–No sé por qué te sorprendes –dijo Damien–. Los hombres Medici son buenos en todo.

–Eso es verdad –Emma apoyó la cabeza en su hombro–. Supongo que ya lo habrás notado con Michael –le dijo a Bella.

–Uf. Disculpa a mi encantadora cuñada. Aunque parezca dulce y tímida, derrotó al dragón Damien –le dijo Michael a Bella–. ¿Alguien más necesita ir al baño? Hay tres en esta planta.

Minutos después se sentaron en el comedor. Gary sirvió la cena mientras Michael y sus hermanos se ponían al día sobre sus negocios.

De postre, Gary sirvió la tarta de Bella.

–Deliciosa –alabó Emma–. Tienes que darme la receta.

–A mí también –dijo Nicole.

–Así que has encontrado una mujer que sabe cocinar –comentó Rafe.

–No lo sabía, pero no me sorprende –dijo Michael mirando a Bella–. Tiene muchos talentos. Trabajó durante un año para una organización benéfica en Europa, es estilista diplomada y…

–¿Alguien quiere comer algo más? –interrumpió Bella, incómoda por la atención.

–Más tarta –dijo Joel, manchado de chocolate.

–No, tú te vas a la cama –rió Nicole.

–¿Puedo leerle un cuento? –preguntó Emma.

–Eso le encantará –dijo Nicole. Miró a Bella–. ¿Quieres acompañarnos?

–Sí, gracias.

Fueron al dormitorio. Emma leyó un cuento y Bella otro, antes de que el niño se durmiera.

–Sólo dos cuentos; tiene que haber estado muy cansado –susurró Nicole cuando salían.

–Con todo lo que ha jugado hoy, me extraña que no se durmiera en la cena –dijo Emma.

–¿Queréis ir a la sala o al cuartito? –preguntó Bella a las dos mujeres.

–¿Cuartito? –repitió Emma–. ¿Qué es eso?

–Una habitación que hay junto a la cocina, con chimenea –aclaró Nicole–. Sospecho que los hombres estarán viendo un partido en la sala. Voto por el cuartito. He notado que Damien disfrutaba jugando con Joel. ¿Estáis pensando en tener descendencia?

–Damien ha pasado de «nunca» a «tal vez». Y últimamente dice «más adelante» –Emma sonrió–. No me importa esperar. Soy muy feliz con Damien –entraron al cuarto de estar y se sentaron–. ¿Y Michael? –le preguntó a Bella–. ¿Qué opina de tener hijos?

–¿Hijos? –Bella parpadeó y movió la cabeza–. No sé. No hemos hablado de eso, pero sé que le gusta ser tío.

–¿Cómo está Michael de verdad? –preguntó Nicole–. Rafe ha estado preocupado por él.

–Damien también –dijo Emma.

–¿Ah, sí? –se sorprendió Bella–. Sus negocios van bien y no tiene problemas de salud.

–Sí, pero... –Nicole suspiró–. Lleva muy mal lo de la investigación sobre Leo.

Bella asintió, pero no sabía de qué hablaba Nicole exactamente.

–Damien dice que las últimas noticias del detective lo afectaron mucho –comentó Emma.

–Michael es fuerte –dijo Bella, preguntándose cuáles eran esas noticias–. Dudo que haya algo que pueda derrotarlo.

–Odio que siga torturándose. Casi me pregunto si no sería mejor que declararan a Leo...

–No digas eso –interrumpió Nicole–. Rafe también sufre. Y saber que Leo sobrevivió al accidente de tren y puede haber sido criado por un maltratador... –se estremeció–. Rezo cada noche para que lo encuentren sano y salvo.

–Y deseoso de reunirse con sus hermanos –añadió Emma.

–Exacto –corroboró Nicole–. Me alegro de que Michael esté bien. Por cómo te mira, seguro que tú tienes mucho que ver –le dijo a Bella.

Bella no estaba nada segura de eso, así que preguntó si querían beber algo y fue a la cocina a preparar té. Mientras esperaba a que el agua hirviese, se preguntó por qué Michael no le había comentado algo tan importante para él.

Mantenían una aventura en la que él dictaba las reglas; estaba en su derecho de no hablarle de su hermano desaparecido. Sin embargo, tras cómo había insistido en que le contara su dolorosa experiencia con Stephen, no le parecía justo que le hubiera ocultado las últimas noticias sobre Leo.

Tal vez ella no le importaba. Eso le dolía.

–Yo lo serviré –ofreció Gary, que llegó cuando sacaba las tazas y platillos del armario.

–No hace falta. Sólo es té.

–Insisto –dijo Gary–. Es mi trabajo.

–Gracias. Llévalo al cuartito de estar. Yo voy a salir a tomar un poco el aire. Volveré enseguida.

Bella salió por la puerta trasera e inspiró profundamente. Cerró los ojos e intentó despejar la cabeza. Se sentía dolida y ofendida.

–¿Demasiados Medici para ti? –preguntó Michael, abrazándola desde atrás–. No puedes decir que no te lo advertí.

–Sí que me advertiste.

–¿Alguien te ha ofendido?

–Hum –soltó una risita–. Supongo que si alguien me ha ofendido, he sido yo misma.

–¿Tú? ¿Cómo? –él se tensó.

–Ocurrió antes de que llegara tu familia.

–¿Es una adivinanza o vas a decírmelo?

–Ya que hablas de adivinanzas, ¿por qué no me contaste que Leonardo había sobrevivido al accidente de tren?

El rostro de Michael se ensombreció.

–Lo descubriste esa noche que te encontré sentado junto al fuego, en la oscuridad, ¿no?

–Sí –se alejó de ella–. Tienes que entender que hay temas que son privados.

–Para mí –dijo ella, enfadada porque esa respuesta reafirmaba su temporalidad para él.

–No permitiré que ese tema ensombrezca el tiempo que paso contigo. Es mi última palabra –dijo él con expresión cerrada.

Capítulo Once

Esa noche fue la primera que estaba en la cama con Michael sin hacer el amor. Mirando el techo, Bella se debatía entre su enfado consigo misma y su ira hacia él. No le parecía justo que impusiera sus normas en la relación.

–Eres un hombre complicado y difícil –dijo.

–No soy ninguna de las dos cosas –replicó él–. Soy normal.

–Eso es lo más ridículo que has dicho nunca.

–Es verdad. Tengo necesidades básicas: alimento, bebida, sexo.

–Y también control, riqueza y otras cuantas cosas más de las que seguramente no eres consciente –arguyó ella.

–¿Por ejemplo? –la atrajo hacia él.

–Compasión, afecto, comprensión –dijo ella. Habría querido decir «amor», pero no lo hizo.

–Como ya te dije una vez, hay diferencia entre necesidad y deseo –le acarició el cabello.

–Puede que desees esas cosas –dijo ella–. Y también deseas otras, pero nunca lo admitirías.

–Nunca es mucho tiempo –alegó Michael, situándola sobre él.

–Me resulta difícil imaginar…

–No imagines –dijo él, besándola–. Estoy aquí ahora y tú estás conmigo.

La sedujo con sus manos mágicas y su voz aterciopelada. Consiguió que olvidara sus reservas, que olvidara que quería más que su pasión. La llevó al clímax una y otra vez; esa noche algo cambió en el corazón de Bella…

Al día siguiente, tras un espléndido desayuno preparado por Gary, los Medici pasaron la mañana en el parque del vecindario. Los hombres jugaron con Joel, pasándoselo como si fuera un balón haciéndole reír a carcajadas.

–Michael tiene madera de padre –comentó Nicole, cuando su cuñado se puso a su sobrino sobre los hombros para que fuera el más alto.

–Seguro que será un padre excelente cuando esté listo para serlo –aceptó Bella, incómoda.

–Lo hemos pasado de maravilla, pero ya es hora de irnos. Algunos tenemos que trabajar mañana –anunció Rafe, poco después.

–Y yo tengo que jugar una partida de billar con Rafe –dijo Damien–. Ha estado imposible desde que le dejé ganarme.

–¿Me dejaste? –rió Rafe–. Más quisieras.

–Ya lo veremos.

–Eso me suena a reto –dijo Michael con una sonrisa taimada.

–Si vienes a South Beach, entrarás en el juego.

–De momento estoy ocupado con cosas más importantes que el billar.

–¿Te da miedo perder? –preguntó Rafe.

–No vas a tentarme –repuso Michael–. Es cierto que tengo cosas mejores que hacer.

—Diablos —Rafe se puso serio—. ¿Te refieres a Leo? No dejes que eso te reconcoma tanto.

—Puedo manejarlo —dijo Michael con voz dura. A Bella le dio un vuelco el corazón.

—Vale —Rafe movió la cabeza y miró a Bella—. Ha sido un placer conocerte. Te deseo suerte con mi hermano. Puede ser insoportable, pero en el fondo, muy en el fondo, es un buen tipo.

Al día siguiente, Michael volvió a casa a la hora de cenar. Bella aún estaba trabajando, así que revisó el correo. Cuando vio el paquete de Italia, se le tensó el estómago. Preguntándose si sería de su misteriosa tía Emily, lo abrió y varias fotos cayeron sobre la mesa.

Fue como un retorno a la infancia. Allí estaban los cuatro hermanos vestidos con la ropa de domingo. Miró el rostro de Leo y sintió el aguijón de la pérdida. Se preguntó cuánto podía durar el duelo; por lo visto era eterno.

Otra foto mostraba a su padre con un bebé en brazos; un niño pequeño se estiraba para verlo. Dio la vuelta a la foto: *Michael, de bebé, con su hermano Leonardo*, decía la nota.

Sólo un año menor que Leo, había atormentado a su hermano siguiéndolo a todas partes. Lo había emocionado mucho ir a su primer partido de béisbol con su padre. Incluso había hecho de rabiar a Leo, que ya había ido a uno y quería repetir. Pero Michael había asaltado la caja de galletas y sus padres habían decidido castigarlo sin ir al partido.

No había vuelto a poder comer una galleta sin sentir náuseas. Su padre había muerto en el accidente de tren, su hermano había desaparecido.

Encontró una nota detrás de las fotos:

Querido Michael, quería que tuvieras estas fotos que tu padre me envió hace años. Me alegra mucho que tus hermanos y tú os hayáis reencontrado y mantengáis vivo el vínculo familiar. No renunciéis nunca a eso.

Con cariño, Emilia.

Michael sintió una mezcla de dulce añoranza y dolorosa pérdida. No pasaba un día en el que no pensara en Leo; tenía que hacer algo para resolver la situación de una vez. Llamó a su detective.

–¿Ha hecho algún progreso? –preguntó, sin molestarse en ocultar la impaciencia de su voz.

–Estas cosas llevan su tiempo.

–Lleva meses diciendo lo mismo.

–Mire, creo que su hermano sobrevivió al accidente. Creo que lo acogió una mujer que no podía tener hijos.

–Nombres, necesito nombres.

–La mujer no utilizaba el apellido de su marido y, por lo visto, él usaba varios.

–Varios apellidos –Michael frunció el ceño–. Entonces posiblemente fuera un criminal.

–Algunos registros indican denuncias por robo. Al comprobar tres de los apellidos, encontré varias denuncias por timos que incluían a un niño.

–¿Cómo se llamaba el niño? –Michael cerró los ojos.

–John o George, no Leo –dijo Carson–. Las denuncias que incluían referencias a un niño acabaron cuando su hermano tendría unos quince años.

–¿Cree que murió? ¿O que lo mataron?

—Ambas opciones son posibles. Pero podría haber desaparecido y cambiado de identidad.

—Quiero un informe escrito de todo lo que ha descubierto. ¿La mujer que lo crió sigue viva?

—No, y tengo mis dudas con respecto al hombre. Sigo investigando por ese lado, pero hay otras pistas que también conviene seguir.

—De acuerdo –Michael suspiró–. Manténgame informado.

El día lluvioso encajaba con el estado de ánimo de Bella. Como había poco trabajo en el spa, animó a su tía a tomarse un rato libre mientras ella se hacía cargo de la recepción.

Bella se distrajo leyendo el periódico y bebiendo café con leche. Seguía enfadada consigo misma por esperar que Michael compartiera cosas personales con ella. Había bajado la guardia cuando él accedió a presentarle a su familia. No podía olvidar que él la consideraba algo temporal y que ella debía hacer lo mismo respecto a él.

Un breve artículo, en la sección local, le llamó la atención. El artículo narraba el incendio que había asolado el centro comunitario que Michael y ella habían estado pintando aquel sábado. Un benefactor anónimo había aportado la cantidad necesaria para la construcción de un nuevo centro.

Bella sintió una cálida y agradable sospecha. Creía saber quién era ese benefactor anónimo. Suspiró. Michael no podía dejar de importarle; cuando empezaba a pensar que era demasiado duro y distante hacía algo como eso, que daba la vuelta a su opinión sobre él.

***

–¿Hola? –llamó Bella–. ¿Hay alguien en casa? ¿Alguien que quiera un perrito caliente con mostaza y patatas fritas porque es lunes y llueve?

Bella entró con un impermeable amarillo y una bolsa de papel y dos batidos en las manos.

–Suena bien –rió Michael–. Pero puede que a Gary no le guste. Cree que quieres dejarle sin trabajo.

–Eso es ridículo. Sé hacer un par de cosas, el profesional es él. ¿Dónde quieres comer?

–Aquí. ¿De qué me has traído el batido?

–¿Cómo sabes que uno es para ti? –lo miró de reojo–. Podrían ser los dos para mí.

–Supongo que tendré que negociar para que me des uno –sonrió él.

–Es posible. Espero que te guste el de chocolate.

–Sí –Michael tenía la sensación de que Bella iluminaba la habitación.

–Pues tendrás un batido de chocolate si contestas a una pregunta con sinceridad –dijo ella. Abrió la bolsa, le dio dos perritos calientes y ella se quedó con uno.

–Eso depende de la pregunta.

–Hoy, durante uno de mis descansos, estuve leyendo el periódico –le dio una patata frita.

–¿Y?

–¿Recuerdas ese centro comunitario que estuvimos pintando? ¿El de la explosión?

–Sí –dijo él. Dio un mordisco a un perrito caliente–. Está buenísimo –dijo.

–Estoy de acuerdo. Volvamos a lo del periódico. Un artículo explicaba que van a tirar el centro abajo y construir uno nuevo en su lugar.

–Eso es bueno –dijo él, sin dejar de comer.

–Un donante anónimo lo ha hecho posible –dijo ella, mirándolo con suspicacia–. Tú no sabrás nada de ese donante, ¿eh?

–Supongo que si el donante es anónimo él... –tragó otro bocado–, o ella, prefiere el anonimato.

–No vas a decírmelo, ¿verdad?

–¿Decirte qué?

–Si el donante eres tú.

–¿Yo? –preguntó él con tono de asombro–. ¿Por qué iba a financiar un centro comunitario que posiblemente no sea eficaz a la hora de prestar servicios a los niños que lo necesitan?

–Cierto –ella desvió la mirada–. No eres de los que se emocionan por las causas, y menos después de haber sufrido quemaduras rescatando a un niño en ese mismo centro comunitario.

–Correcto.

–Rescatar a un niño así no te causaría ningún impacto. No haría que te preocupase el futuro de ese niño en el centro comunitario.

–El viejo edificio no tenía medidas de seguridad contra los incendios –dijo él.

–Cierto, era terrible –corroboró ella.

–Más les vale asegurarse de que el nuevo no lo sea –masculló él.

Bella escrutó su rostro, sostuvo su mirada un momento y luego le dio el batido.

–No te he dicho quién era el donante anónimo –arguyó él.

–No importa. Tengo mis ideas. ¿Quieres que lo describa?

–Si te apetece –encogió los hombros.

–Está como un tren.

–¿Ah, sí? –él arqueó una ceja. Bella asintió.

–Y es de los que simula que nada le importa.

–¿Simula?

Ella asintió otra vez. Se inclinó hacia él y agarró su barbilla con cierta agresividad.

–Eres un tramposo –susurró, antes de besarlo.

Cuanto más tiempo pasaba con Bella, más la deseaba. Las cosas no iban como había planeado; había contado con que se cansaría de ella y ambos seguirían su camino. Pero las dos noches siguientes volvió a casa aún antes.

La tercera mañana se levantó temprano, como siempre y fue al gimnasio. Cuando regresó al dormitorio, la encontró leyendo en una carpeta.

–¿Qué tal la bicicleta elíptica? –preguntó ella sonriente, dejando la carpeta a un lado.

–Estás despierta? ¿Qué leías? –preguntó, aunque ya lo sabía. Inspiró para controlar su ira.

–Estaba en la mesilla –Bella carraspeó–. La tiré al suelo sin querer, cuando iba al baño.

–Y no notaste que en la etiqueta ponía Leo –dijo él, apretando los dientes.

–Lo siento. Sé que es algo importante para ti y te niegas a hablarlo conmigo. Me resulta difícil que me mantengas al margen. Quiero ayudarte.

–No puedes hacerlo. Sólo ayudará una investigación detallada y paciente a cargo de un buen detective. Voy a ducharme. Si quieres leer mientras lo hago, adelante. Cuando salga, guardaré el informe y no lo comentaremos.

—Pero... —empezó ella.

—No es negociable, Bella. No insistas —dijo él. Entró al cuarto de baño. No podía hablar de Leo con Bella. Su compasión sería más difícil de soportar que su autocondena.

—Llegas tarde —dijo Charlotte el sábado, cuando Bella regresó de almorzar—. No me aclaro contigo. Una semana trabajas a todas horas. La siguiente estás despistada y llegas tarde.

—Lo siento. Tengo algo en la cabeza.

—¿Su nombre empieza con M? —preguntó Charlotte—. ¿Qué hay entre vosotros?

—Es complicado —dijo Bella. La había afectado el informe del detective. Los hermanos Medici habían sufrido mucho y le dolía que Michael siguiera haciéndolo. Inspiró profundamente—. Él no es lo que parece.

—Eso podría ser bueno.

—No puedo contarte nada aún. Se pondría furioso. Pero quiero ayudarlo, necesito ayudarlo.

—¿No será algo ilegal? —se preocupó Charlotte.

—No, para nada —Bella negó con la cabeza.

—Bueno, pero procura no llegar tarde —Charlotte se encogió de hombros—. Tu cliente te espera. ¿Podrías cerrar tú hoy? Fred va a llevarme a cenar langosta.

—Hum. Parece que lo vuestro va en serio —Bella sonrió y su tía le hizo una mueca.

Bella trabajó hasta las seis, pero no dejó de pensar en Michael y en su hermano Leo. Se preguntó si Michael encontraría la paz si tuviera respuesta a sus preguntas. Si por fin se sentiría libre para amar y ser amado.

A pesar de su éxito, Michael se sentía indigno de ser amado. Bella lo entendía porque había sentido lo mismo cuando su madre la abandonó.

Stephen le había hecho creer en la posibilidad del amor y el compromiso. Y había ido a Europa en pos de su sueño, dejando atrás a Stephen y a su tía. Stephen la había necesitado cuando perdió el trabajo y la confianza en sí mismo y la había abandonado. Le había creído el hombre más dulce del mundo, pero últimamente tenía la sensación de que no había sido sincero.

Michael, en cambio, era sincero, pero no tenía nada de dulce. Su pasado lo había endurecido. No la amaba, sólo la deseaba. Cuanto más tiempo pasaba con él, más anhelaba liberarlo de sus demonios. Sin ellos sería mucho más feliz, libre para amar y recibir el amor que merecía.

Capítulo Doce

El lunes Bella llegó a casa de Michael algo más tarde de lo que había planeado.
—¿Hola? —saludó.
—Estoy en la sala —contestó él.
—¿Hay algún problema? —se inquietó Bella al oír su tono de voz.
—No —dijo él serio—. ¿Por qué lo preguntas?
—Porque suenas como si alguien te hubiera puesto una mordaza.
—Estoy bien —curvó la boca de medio lado—. ¿Hoy no traes perritos calientes?
—No. Tuve un montón de trabajo y recados que hacer. Puedo preparar algo, si quieres —ofreció.
—No. Gary puede hacerlo.
—Siempre me siento culpable por eso. Sólo somos dos. Tendríamos que hacernos la comida.
—Puedo permitírmelo —alegó él.
—Aun así.
—¿Qué te apetece cenar?
—Un sándwich de manteca de cacahuete, miel y plátano, con patatas fritas —afirmó ella.
—Gary va a hacer gambas a la criolla —rió él.
—Oh, eso suena delicioso —a Bella se le hizo la boca agua.
—Puedes tomarte ese sándwich de manteca de cacahuete, no te preocupes.
—Eres un hombre malvado —lo acusó ella.

—No eres la primera en saberlo –dijo él con voz desdeñosa y expresión rígida.

—Michael, dime qué ha ocurrido. Sé que ha pasado algo.

—Otro callejón sin salida –dijo él. Encogió los hombros–. No ha noticias nuevas.

—He estado pensando en esto –dijo Bella.

—¿Pensando en qué? –preguntó él, frío.

—En Leo. Después de leer el informe del detective se me ocurrió que podríais poner un anuncio en algunos periódicos de Pennsylvania.

—Si fuera la mejor forma de proceder, el detective lo habría sugerido –refutó él.

—Pero, ¿y si lo hicierais tus hermanos y tú? –inquirió ella–. Tal vez tendría más impacto que si lo pusiera el detective.

—Bella, ya hemos discutido esto –ensanchó las aletas de la nariz, airado–. No es asunto tuyo.

—Pero estás sufriendo –Bella apretó los puños–. No lo soporto.

—Basta –alzó la mano–. Pasaré la noche solo. Haz lo que quieras.

—Michael –dijo ella. Se sentía como si le hubiera dado una puñalada al rechazarla así.

—Buenas noches –Michael se marchó.

Bella, frustrada y dolida, deseó lanzar algo contra el ventanal y romperlo. Quería derrumbar la barrera que se alzaba entre Michael y ella. Su relación era muy distinta de como había empezado. De vez en cuando le parecía estar atravesando la coraza de Michael, pero de repente volvía a parecerle un muro de cemento armado.

Se apartó el pelo del rostro. Si se quedaba allí sólo

conseguiría frustrarse más. Le había dicho que hiciera lo que quisiera, así que se iría.

Al día siguiente, Bella, echando humo, preparó más de media docena de discursos para poner a Michael en su sitio, si es que eso era posible. Después de comer, seguía sin saber qué haría esa tarde. Si su tía no hubiera estado tan ocupada con su nuevo pretendiente, la habría pasado con ella.

–Bella –llamó Charlotte con voz cantarina–. Tienes una visita.

Bella alzó la cabeza y vio a Michael junto al mostrador de recepción. Aunque seguía enfadada con él, fue una sorpresa agradable.

–No te preocupes. He consultado la agenda y Donna y yo podemos ocuparnos de tus citas. No será problema –dijo Charlotte.

–Ocuparos de mis citas –dijo Bella, confusa–. ¿Por qué?

–Que te lo explique Michael. No te preocupes de las citas del resto del día. Todo está arreglado –Charlotte sonrió con malicia y se alejó.

–¿Qué? –le preguntó Bella a Michael–. ¿De qué está hablando?

–Estoy pensando comprar una propiedad en Gran Caimán –dijo Michael.

–Eso está muy bien –desvió la vista. Quería seguir enfadada; eso la ayudaría a no involucrarse más emocionalmente.

–Volaré allí esta tarde y volveré el sábado por la mañana.

–Que tengas buen viaje.

–Quiero que vengas conmigo –dijo él.

–¿Esta tarde? –Bella parpadeó y buscó sus ojos. Era un caradura por sugerir algo así sin previo aviso. Pero la estaba invitando a viajar a una lujosa y soleada isla del Caribe, con cielo azul en vez de gris y tristón–. No puedo dejar a Charlotte plantada así, de repente.

–He hablado con Charlotte y está de acuerdo.

–No quiero que se exceda trabajando –dijo ella. Se imaginó paseando con Michael por una bella playa.

–¿Es que se ha estado excediendo?

–Bueno, no, aún no, pero... –calló sintiéndose traspasada por su mirada.

–¿Te da miedo ir conmigo?

–Claro que no. ¿Por qué iba a darme miedo? –protestó ella. Pero había un por qué: empezaba a tener sentimientos por él. Sentimientos fuertes que podrían darle muchos problemas después.

–Dímelo tú –al ver que no contestaba, Michael se encogió de hombros–. No voy a obligarte. Si no te interesa bañarte en agua tan clara que se ve el fondo a nueve metros de profundidad y...

–Vale, vale –interrumpió ella–. Iré.

–Bien. Podemos salir ya. Te compraré lo que necesites cuando estemos allí.

–¿No puedo ir a casa por algunas cosas? No quiero tener que perder tiempo haciendo compras.

–No esperaba oír a una mujer decir que ir de compras es una pérdida de tiempo –rió él–. De acuerdo. Le diré al chófer que pase por tu piso a recogerte. Tienes una hora.

–Dios. Eres imposible –rezongó Bella–. Tía Charlotte, me voy –gritó.

—Haz fotos —Charlotte, sonriente, se acercó a darle un abrazo.

—Fotos —repitió Bella—. Tengo que acordarme de llevar la cámara.

—Y pásalo bien.

—¿Estás segura de que podrás apañarte? —preguntó Bella, de nuevo inquieta.

—Segurísima —Charlotte miró a Michael—. Trátala bien o alguien te lanzará unas tijeras a la cabeza cuando menos te lo esperes.

—¡Huy! —se puso firme y saludó llevándose la mano a la sien—. Me aseguraré de que lo pase de maravilla, señora.

—Eso espero —dijo Charlotte. Luego dio una palmada—. En marcha. ¡El tiempo vuela!

Cuatro horas después estaban sentados en un restaurante, frente al océano, contemplando la puesta de sol y disfrutando de una excelente comida. Una cálida brisa acariciaba su piel.

—Vaya —dijo Bella—. No puedo negar que esto es increíble. La comida, la puesta de sol, todo.

—No está mal, ¿eh? Gran Caimán es una de las islas más civilizadas. No suele tener huracanes, pero dicen que la estación lluviosa es desagradable. Ya me dirás lo que opinas cuando hayas pasado algo más de tiempo aquí.

—Puedo decirte ahora mismo que es un respiro fantástico en mitad del invierno.

—Cierto. Además, invertir aquí tendría beneficios. Pero lo haría sobre todo por diversión.

—Caramba —le sonrió—. Yo pensaba que no te interesaba gastar dinero en divertirte.

—Sé divertirme —la miró de reojo—. Pero no había estado motivado hasta hace poco.

–¿Y a qué se debe el cambio? –preguntó ella. Alzó la copa y tomó un sorbo de vino.

–Creo que sabes que se debe a ti.

–Me cuesta creer que tenga influencia sobre ti –dejó que su vista se perdiera en el océano.

–¿Es eso lo que quieres? ¿Influir en mí?

–Quiero que seas feliz –lo miró. Captó en sus ojos un destello de algo que no pudo identificar.

–Y crees que sabes qué me haría feliz.

–Sé que podría sonar arrogante, pero tengo una idea de lo que podría ayudarte.

–¿Por qué te importa mi felicidad? –inquirió él–. Has conseguido lo que querías. He financiado el negocio de tu tía y no daré marcha atrás.

–Tal vez sea más sentimental de lo que creía –arrugó la frente–. O tú mejor de lo que esperaba.

–En eso último te equivocas. Soy superficial.

–Sí, claro. Por eso accediste a resucitar el negocio de mi tía.

–Me beneficio del acuerdo en varios sentidos –dijo él, divertido.

–Y está el asunto del centro comunitario.

–Un donante anónimo podría ser cualquiera.

–Ya. Es otra prueba de tu lado tierno. Te pone nervioso que hable del tema, así que no lo haré.

–Gracias –señaló el horizonte con la cabeza–. No te pierdas la puesta de sol.

Ella contempló el globo naranja hundirse y después volvió a mirarlo a él.

–Podrías tener a cualquier mujer –Bella se inclinó hacia él–. ¿Por qué me quieres a mí?

–Por demasiadas razones –movió la cabeza–. ¿Quieres postre?

–No. Estoy lista para irme si tú lo estás.

Minutos después, el chófer los condujo por una carretera serpenteante hasta una verja que se abrió cuando el conductor tecleó un código. Era una noche clara y la luna iluminaba la mansión.

Bella tragó aire al ver el bello edificio rodeado de frondosa vegetación. Miró a Michael.

–Te había entendido mal. Pensé que estabas mirando un piso.

–El piso está en la playa Seven Mile. Esto sería para mi uso personal.

El conductor paró el coche y bajaron.

–Por fuera es preciosa –comentó Bella.

–Entremos –dijo él. Abrió la puerta.

Le dio la mano y recorrieron la casa. Los suelos eran de mármol y la decoración de lujo. La casa contaba con todas las comodidades modernas y unas vistas diseñadas para perder la cabeza.

–Es una maravilla –dijo Bella en el porche, escuchando el rumor del océano–. Será mejor que nos marchemos enseguida.

–¿Por qué?

–Por qué debe de ser imposible irse después de pasar aquí más de diez minutos.

–Vamos arriba –rió él, tirando de su mano.

Subieron la escalera y pasaron ante varios dormitorios y otro porche antes de llegar a la suite principal. Las estrellas se veían a través de varias claraboyas que disponían de cortinillas para cerrarlas. Frente a la cama había un ventanal de suelo a techo con una fantástica vista del mar y el cielo. Una puerta corredera de cristal daba paso a otra terraza con toldo, mesa, sillas y jacuzzi.

–Algo tan bueno debe de ser malo –gimió ella.
–¿Te gusta? –preguntó él, atrayéndola.
–¿A quién no le gustaría?
–Relajarme nunca ha sido mi fuerte. He recibido ofertas como éstas antes, pero las ignoré. ¿Quién tiene tiempo de viajar a las islas Caimán?
–¿Alguna vez se te ha ocurrido tomarte unas vacaciones? –inquirió ella.
–He tenido de vacaciones. He ido de escalada, a bucear...
–No, me refiero a unas vacaciones de verdad, de puro relax. De las de levantarse tarde y olvidar el trabajo durante un día entero.
–En realidad no –Michael sonrió.
–¿Por qué será que no me sorprende? Me pregunto qué haría falta para que no madrugaras.
–Intenta descubrirlo –la retó él, seductor.

Tras una noche haciendo el amor, ella notó que él se movía en la cama. Empeñada en impedir que se levantara, se puso encima, medio dormida.
–No, no. No vas a ir a ningún sitio –abrió los ojos y vio que él la miraba.
–¿Cómo vas a retenerme aquí?
–De una manera u otra –dijo ella, dándole un largo beso en los labios.
–Eres muy linda cuando estás dormida... –pasó las manos por sus nalgas.
Ella se movió hacia abajo, buscando y situándose sobre su erección para callarlo.
Empezó a moverse y contempló el éxtasis de su rostro. Él puso las manos en sus caderas, guiándola y

distrayéndola. Se suponía que ella tenía el control, pero él se lo había robado.

Pronto el placer la llevó a tensarse a su alrededor. Gimiendo, alcanzaron el clímax justo cuando el sol asomaba por el horizonte.

Segundos, minutos u horas más tarde, Michael puso la pierna sobre ella.

–Dios, mujer, ¿qué hora es? –preguntó.

–Ni lo sé ni me importa.

Él se rió y besó su cabeza. La movió un poco y luego dejó escapar una palabrota.

–Son las ocho y media. ¿Sabes cuándo fue la última vez que dormí hasta tan tarde?

–No fue el fin de semana pasado.

–Cierto –se levantó–. Tenía trece años y estaba enfermo con una infección de garganta.

–Deja que toque tu frente, igual tienes fiebre.

Él se rió, atrapó su mano y la besó.

–¿Qué quieres desayunar? Hay empleados abajo que esperan para cumplir nuestros deseos.

–A veces, no quiero empleados –suspiró ella–. Me conformaría con un panecillo.

–Eso será la próxima vez. ¿Qué quieres hoy?

–Huevos revueltos, tortitas de arándanos y beicon crujiente –dijo ella.

–Eso es más que un panecillo.

–Ya, pero ya que se mueren por prepararnos el desayuno... –de repente, se sintió culpable–. Olvídalo, me conformo con tostadas.

–Mentirosa. Bella quiere tortitas. Bella tendrá tortitas.

Después de desayunar, exploraron la propiedad y luego fueron a la playa privada a tomar el sol. Michael leyó un poco y luego la arrastró al agua, transparente como el cristal.

—Esto es increíble —dijo Bella, maravillada al ver peces diminutos nadando entre sus piernas.

—Mira allí —Michael señaló unos peces de colores, más grandes, y un delfín que saltaba.

—El agua está tan tranquila y transparente que ni siquiera hace falta bucear.

—Es una de las razones por las que me gusta esto —dijo él.

—¿Cuántas veces has venido?

—Un par. Siempre por negocios —tiró de ella y le hizo una aguadilla.

—¿Por qué has hecho eso? —preguntó ella al emerger. Golpeó su pecho sin efecto alguno.

—Tenías pinta de necesitar mojarte —sonrió y la atrajo. Ella rodeó su cintura con las piernas, porque le pareció lo más natural.

—Pues la próxima vez, podrías avisar.

—Es demasiado divertido pillarte por sorpresa —se burló él. La besó antes de que pudiera protestar.

Bella se dejó hechizar. Era un momento mágico. Estaban juntos y lejos de todo.

Segundos después, notó que perdía la parte superior del bikini. Michael, con una sonrisa diabólica, se alejó de ella.

—Tú —lo acusó, nadando tras él—. Michael, devuélveme el bikini.

—Dentro de un rato. Como tenemos una playa privada, puedes ir sin él.

—Otro día —nadó hacia él.

—Te reto.

—No, no digas eso —gruñó ella.

–Así que tú tampoco puedes resistirte a un reto –le recordó el que le había lanzado ella para que fuera al centro comunitario.

–Fue distinto. No tuviste que quitarte la ropa.

–Pero me quemé las manos –arguyó él.

–Cierto –lo miró a los ojos y, al verlo tan risueño, supo que haría cualquier cosa para que siguiera así, sin culpabilidad ni dolor.

Inspiró profundamente. «Puedo hacerlo», se dijo. Se irguió y caminó hacia él. Michael la había visto desnuda muchas veces, pero eso era distinto.

–Que no se diga que…

–No creí que fueras a hacerlo –la alzó en brazos, tapándola y la llevó a agua más profunda.

–Me has retado –lo miró atónita.

–Recuérdame que no te deje nunca sola con hombres dados a los retos –rezongó él.

–Soy selectiva –protestó ella.

–Pues sigue así.

Capítulo Trece

Regresaron a Atlanta el sábado, a tiempo para que Bella asistiera a la boda de una amiga. El viaje a Gran Caimán había sido fantástico. Nunca había visto a Michael tan relajado y juguetón.

Pero él volvió a retraerse en cuanto llegaron. Se separaron en el aeropuerto privado. La limusina llevó a Bella a su piso.

Mientras se vestía para la boda, Bella no pudo evitar preguntarse por su futuro. No sabía qué quería Michael de ella. No era matrimonio, pero sabía que no quería verla con otro hombre.

Condujo hasta la iglesia en la que se casaba su amiga CeCe y luego a la recepción en un club de campo. Sonrió al ver a CeCe bailar con su nuevo marido y luego con su padre. Sintió cierta nostalgia al pensar en su padre, a quien no había conocido, y en su madre, ya fallecida.

–Parecen felices –dijo una voz a su espalda.

–Sí –dijo, volviéndose hacia Stephen–. ¿Dónde está tu prometida?

–¿Dónde está tu amigo? –le devolvió Stephen–. ¿Michael Medici?

–Acabamos de volver de Gran Caimán. Tenía trabajo que hacer.

–Últimamente te mueves en círculos diferentes –dijo Stephen–. Michael Medici está muy alto en la cadena alimenticia.

—Tú también has cambiado de círculos. Si me disculpas… —dijo Bella.

—No —le bloqueó el paso—. No hay razón para que nos sintamos incómodos. Nos conocemos desde hace demasiado tiempo. Deja que vaya a traerte algo de beber.

Ella miró el cabello rubio y los ojos azules y se relajó. Era Stephen y lo conocía hacía años. Había sido importante para ella y quería ser su amigo. No sentía ningún pinchazo de añoranza al verlo.

—De acuerdo —aceptó—. Vino blanco.

—Ya lo sé —le sonrió y fue por una copa. Regresó poco después con vino para ella y cerveza para él—. ¿Qué te pareció Gran Caimán?

—Una maravilla. El agua es transparente…

—¿Y Michael? ¿Cómo es él?

—Complejo —Bella ladeó la cabeza—. A veces creo que he calado su personalidad y segundos después descubro algo nuevo sobre él.

—Hum —murmuró Stephen.

—¿Y tu trabajo? —preguntó ella—. ¿Te gusta?

—Me gusta estar empleado —respondió él. Hizo una pausa—. Britney es un medio para un fin.

Ella tragó aire, atónita por su respuesta.

—Pero tú la quieres.

—En cierto modo, supongo —encogió los hombros y tomó un trago de cerveza—. Pero nunca te he olvidado.

—Creía que te habías enamorado de Britney —Bella movió la cabeza, abrumada por sus palabras.

—En cierto modo —repitió él, tocando su mano—. Sabes que te he querido desde siempre, Bella.

—Pero rompiste conmigo.

—Sabía que Britney me ayudaría a prosperar. Pero

tú y yo teníamos algo especial. No hay razón para que no sigamos teniéndolo.

—Estás comprometido, no podemos seguir.

—Si Michael y tú podéis tener una aventura, ¿por qué no podemos tenerla tú y yo?

—Tú estás comprometido —adujo ella.

—Si estás dispuesta a entregarte a Michael, ¿por qué no ibas a entregarte a mí? —inquirió él, agarrando su mano y besándola en la boca.

Bella se apartó de un tirón y giró la cabeza. Controló el deseo de lanzarle el vino a la cara.

—De nuevo, porque tú estás comprometido. Michael no.

—Bella, eres la querida de Michael Medici. Ahora yo también puedo permitirme esos lujos.

—No —la propuesta de Stephen le dio náuseas—. Nunca —giró en redondo y chocó con el duro pecho de Michael.

Michael los miró colérico. Bella abrió la boca para explicarse, pero Michael se dirigió a Stephen.

—Déjala en paz —ordenó—. Ahora está conmigo. Si me entero de que has vuelto a molestarla, tu trabajo podría esfumarse de repente —se volvió hacia Bella—. Vámonos —la escoltó hacia la salida—. ¿Cómo has podido permitir que te tocara?

—No quería. Me ha pillado por sorpresa.

—Tenías que saber que estaría aquí —Michael apretó la mandíbula.

—No. Stephen también es amigo de esta pareja, pero no sabía que vendría. Y si venía, sería con su prometida —hizo una pausa—. Además, si hubiera querido reunirme con Stephen, ¿por qué iba a invitarte a ti a acompañarme?

—Volvamos a mi casa —dijo él. Hizo una seña al aparcacoches—. Yo te llevaré.

—Pero mi coche... —empezó ella.

—Enviaré a un chófer a recogerlo.

Tras la insultante proposición de Stephen ella no habría podido disfrutar del evento, así que se alegró de partir. El viaje fue silencioso y la atmósfera del coche irrespirable.

En cuanto llegaron a casa de Michael, él la llevó al dormitorio. Ella odiaba que estuviera molesto, pero no se sentía merecedora de su ira.

—Entiendo que pueda haber parecido otra cosa, pero te aseguro que no le di pie. No deberías estar enfadado conmigo.

—No lo estoy —ensanchó las aletas de la nariz—. Estoy furioso con Stephen. ¿Qué diablos le dio la idea de que podía tratarte de esa manera?

—Parece haber supuesto que tú y yo teníamos un «apaño». Eso es lo que yo temía, que la gente creyera que estaba dispuesta a venderme.

—En las circunstancias adecuadas, se puede comprar a todo el mundo —dijo Michael.

—Pueden comprarse los actos, pero no las emociones —dijo ella, sintiéndose aún peor.

—Puede que aceptaras nuestra aventura para ayudar a tu tía, pero hay más. ¿Puedes decirme que sólo estás conmigo por tu tía?

—Sabes que no —musitó ella. No podía respirar.

—Claro que no —la atrajo y capturó su boca.

La pasión explotó entre ellos, derribando límites, excusas y negaciones. Tal vez una parte de ella había intuido desde el principio que Michael cambiaría su vida. Tal vez la pasión que habían compartido al principio le había dado la pista para querer huir de él, porque era un hombre duro y complicado. Le faltaba la esperanza de poder ganarse su corazón, si es que lo tenía.

Él la desnudó y dejó en ella la impronta de su cuerpo. Le hizo el amor de pies a cabeza, llevándola al éxtasis una y otra vez. Parecía querer marcarla como su mujer.

Sin embargo, él siempre había dejado claro que su relación era temporal, sin vínculos emocionales. Ella ya no podía negar que se sentía parte de él. Anhelaba su felicidad, seguridad y bienestar hasta un punto al que nunca había llegado con Stephen.

La comprensión llegó como un relámpago. Amaba a Stephen.

–Quiero borrar la imagen de cualquier otro hombre de tu mente –masculló él mientras la penetraba–. Quiero que sepas que me perteneces.

Jadeando, ella apoyó la cabeza en su cuello, húmedo de sudor.

–Lo sé. Te quiero –le susurró al oído–. Pero, ¿alguna vez me pertenecerás tú?

Él se tensó y se hundió en ella una vez más, reflejando la cercanía del clímax en cada músculo de su cuerpo y en su rostro.

A ella le tronaba el corazón cuando se entregaron al delirio, abrazados. Lo había dicho, se había atrevido a preguntarle si sería suyo. Esperó, conteniendo la respiración. Quizá él diría las palabras que anhelaba oír. Tal vez le diría que se había vuelto tan importante para él que nunca la dejaría marchar.

–Duérmete –Michael le acarició el cabello.

A ella se le encogió el corazón de desilusión. No

sabía cuándo se había adueñado de su ser, ni cómo iba a sobrevivir sabiendo que no la amaba.

Se rindió a un sueño agitado, pero despertó al notar la ausencia de Michael. Pensó que estaría en el gimnasio, como era habitual. Su cuerpo anhelaba descanso, pero una parte de ella quería verlo. Miró el reloj y calculó que llevaba unos quince minutos haciendo ejercicio.

Salió de la cama, se mojó la cara con agua y se cepilló los dientes. Luego fue al gimnasio. Estaba en la bicicleta elíptica, de espaladas a ella. Como sabía que aún tenía que hacer pesas, lo esperó en el sofá de la suite.

Michael duplicó el número de ejercicios. Nunca se había sentido así respecto a una mujer. Había deseado darle un puñetazo al ex amante de Bella. Tal vez, golpearlo lo habría liberado de su extraño afán de posesión. No era de los que iban de vacaciones, y menos de los que disfrutaban de una segunda casa. Pero estar con Bella sin presiones de trabajo lo atraía mucho. No sabía cuándo había empezado a sentirse así.

Y tampoco sabía cómo solucionarlo. No quería renunciar a ella, pero no sabía cómo conservarla. Era una mujer rebosante de pasión y corazón. Él quería ambas cosas, pero hacía mucho que había renunciado al corazón para sobrevivir. Si no sentía, evitaría el dolor; si no se esperanzaba, no acabaría decepcionado. Sobre todo: si no contaba con otro ser humano que lo apoyara, aprendería a mantenerse en pie solo. Siempre solo.

Acabó con las pesas y volvió a la suite. Bella estaba dormida en el sofá, dulce y vulnerable. Una extraña emoción le atenazó la garganta.

Se inclinó para mirarla. Las pestañas oscuras acariciaban las mejillas, aún rosadas por el sol de las islas Caimán. Sonrió al recordar cuánto había disfrutado del viaje. Ya había hecho una oferta por la casa. Irían allí de nuevo, y a más sitios.

–Eh, dormilona –le acarició la mejilla.

–Hola –lo miró con ojos adormilados.

–¿Qué haces fuera de la cama?

–No quería que te fueras a trabajar sin verte antes –dijo ella, alzando los brazos.

–Tengo trabajo retrasado, pero no pasaré en la oficina todo el día –incapaz de resistirse, se sentó a su lado y la rodeó con los brazos.

–Eso esta bien –lo miró–. Voy a visitar a mi tía hoy. Quiero comprobar que está bien.

–¿Hay alguna razón para pensar lo contrario?

–No, pero me engañó sobre su enfermedad cuando estuve en Europa. Ahora pienso vigilarla.

–Nada de tropezar dos veces en la misma piedra, ¿eh? –rió él.

–Aún no te he dado las gracias por ir a la recepción de la boda ayer –dijo ella con un suspiro.

–Ojalá pudiera decir que fue un placer.

–Y yo, pero después de lo que dijo Stephen…

–No vuelvas a pensar en eso –le puso un dedo en los labios para silenciarla.

–Lo intentaré, pero no prometo nada –su expresión se volvió solemne–. Te quiero –dijo.

A él se le paró el corazón. Lo había dicho justo cuando el sol empezaba a iluminar la habitación. Valiente y directa, lo dejaba sin aire. No supo cómo contestar.

–Pensé que sabía lo que era el amor –se mordió el labio–. Con Stephen.

Él apretó los puños, pero no dijo nada.

—Pero no lo sabía. No recuerdo haber deseado tanto la felicidad de una persona. Nunca. Haría cualquier cosa por verte feliz y en paz. Te quiero.

Abrumado por sus palabras, pero incapaz de ofrecerle una respuesta similar, le acarició el pelo.

—Eres muy dulce. Un tesoro. Nunca he conocido a otra mujer como tú —la apretó contra sí—. Tuviste un día y una noche muy difíciles. Tendrías que descansar. Vuelve a la cama.

Ella lo miró a los ojos y él supo que no le había dado lo que quería. Sabía que quería más de él. Sin embargo, él no lo tenía para dárselo.

Bella volvió a la cama, pero su duermevela estuvo llena de sueños extraños. Cuando se levantó, dos horas después, estaba más cansada que antes. Además, su declaración de amor a Michael le pesaba en el estómago como una comida demasiado copiosa. Pesada e incómoda.

Le había ofrecido su amor y Michael no había sabido qué hacer con él. Ese momento la incomodaba como lo haría una guillotina sobre su cuello. Pero no había podido callar, era como si la compuerta de una presa se hubiera abierto en su interior.

Entre humillada y decepcionada, se vistió y fue a ver a su tía. Fue Fred, el novio de Charlotte, quien le abrió la puerta. Charlotte apareció a su espalda, envuelta en una larga bata de seda.

—Bella, no sabía que ibas a venir. Entra —su tía la llevó a la cocina.

—No. No pretendía interrumpir.

–Tonterías, Fred iba a darse una ducha –dio un beso rápido a su novio–. Tómate un zumo de naranja y unas magdalenas. Quiero que me hables de Gran Caimán –dijo, yendo hacia la nevera–. ¿Me recomiendas que vaya?

–Sí –dijo Bella, asombrada por el rápido avance de la relación entre su tía y Fred–. Es una belleza.

–¿Incluso para los no millonarios? –preguntó Charlotte, dándole un vaso de zumo de naranja.

–Sí, incluso para la clase media. El agua es cálida y transparente, y las olas suaves. La comida es muy buena. Y el índice de criminalidad bajo.

–Suena a paraíso. Dime, ¿te ha pedido Michael que te cases con él?

–No –tosió Bella, que se había atragantado con el zumo de naranja.

–¿Por qué no? –exigió Charlotte.

–¿Qué me dices de Fred y de ti? –preguntó Bella, cambiando de tema.

–Me lo ha pedido, pero le estoy dando largas.

–¿Por qué? ¿No te gusta?

–Sí, pero el matrimonio... Eso ya lo hice una vez y no salió nada bien.

–¿Lo quieres? –preguntó Bella.

–Creo que sí –admitió Charlotte, tras una pausa–. Pero, ¿y si vuelvo a enfermar?

–Espero que no vivas tu vida pensando en eso –Bella agarró las manos de su tía.

Charlotte tomó aire y miró a Bella de soslayo.

–Y yo creía que estábamos hablando de tu romance. ¿Cómo es que perdimos el rumbo?

–Michael no es de los que se casan –forzó una sonrisa–. No estoy segura de que crea en el amor.

–Oh, cielo, lo siento mucho –dijo Charlotte–. Y yo te animé a relacionarte con él.

–No –Bella sacudió la cabeza–. Fue decisión mía. Tiene un pasado difícil, no puedo culparlo.

–Quería que olvidaras a Stephen. Sabía que él no te convenía –los ojos de Charlotte se llenaron de lágrimas–. Tenía un presentimiento respecto a Michael. Lo siento.

–Tranquila. Es un hombre increíble. Pero creo que no le interesa algo permanente.

–¿Vas a romper con él? –preguntó Charlotte.

–Uf –a Bella se le fue la cabeza sólo con pensarlo–. Aún no he llegado a eso. Ya veremos.

–¿Queda alguna magdalena para mí? –preguntó Fred, regresando de la ducha.

Bella sonrió, alegrándose por su tía. Tras mucho sufrir, Charlotte tenía a un hombre que quería estar con ella, por incierto que fuera su futuro. Aun así, sintió un pinchazo en el corazón

Michael era un hombre que no creía en el amor, y Bella temía que nunca llegara a hacerlo.

Capítulo Catorce

Durante los siete días siguientes, Bella esperó. Contuvo el aliento esperando una respuesta de Michael. Alguna muestra de que no ignoraba el amor que le había profesado. Pero todo siguió igual: él alababa su belleza y le hacía el amor, pero evitaba cualquier declaración emocional.

La esperanza de Bella disminuía con cada minuto que él seguía ignorando su confesión. Se preguntaba si realmente ella y sus sentimientos significaban tan poco para él.

Al octavo día, hizo otro intento. Acababan de hacer el amor y él yacía, saciado, junto a ella. Acarició su rostro anguloso y su sensual boca.

–Te quiero –dijo, con voz alta y clara.

Él cerró los ojos y ella no supo si paladeaba sus palabras o se acorazaba contra ellas. Contuvo el aliento, esperando de nuevo.

–Eres un ángel –dijo él, atrayendo su cabeza hacia su pecho.

Ella oyó los latidos de su corazón, pero no más palabras. Comprendió que era una forma de evadirse: no quería decirle que no la amaba.

El corazón le dolía tanto que temió que explotara. Había sido un gran error sincerarse con Michael, pero no sabía cómo dar marcha atrás.

Tras diez días de Michael yéndose a trabajar temprano y volviendo tarde, Bella tuvo que admitir la verdad. Decirle que lo amaba había dado un vuelco a la situación. Ni ella podía retractarse ni Michael podía evadirse todo el tiempo. Odiaba pensar que intentaba evitarla.

La asolaba una mezcla de humillación, desilusión y abandono. «No seas niña», se decía al levantarse, cuando hacía rato que Michael se había ido. Enterraba el rostro en su almohada, para inhalar su aroma. Había metido la pata.

No tendría que haber admitido su amor.

Michael no sabía cómo manejar eso, porque no entendía el concepto del amor. Había crecido necesitando y queriendo, sin recibir. Y creía que ya era demasiado tarde para él: no podía soportar sus palabras ni el sentimiento que conllevaban. Ella había roto el frágil equilibrio de su relación.

Fue doloroso aceptar la realidad. Paseó por la casa, intuyendo que sería la última vez. Con el estómago hecho un nudo, le escribió una nota y la dejó sobre su almohada. Su marcha sería un alivio para él. Y más que nada, quería verlo en paz.

El martes por la noche, Michael regresó a casa entusiasmado. Anhelaba compartir la noticia con Bella. Las posibilidades despuntaban en su mente.

–Bella –llamó–. Bella, tengo noticias.

Lo recibió el silencio. Pensó que tal vez estaba trabajando hasta tarde y maldijo para sí. Subió a cambiarse de ropa. Se quitó el traje y se puso unos vaqueros y un suéter de manga larga.

Miró la cama y vio un papel sobre la almohada. Curioso, fue por él y lo desdobló.

Mi querido Michael, lo siento mucho, pero no puedo seguir con nuestra aventura. Me he enamorado de ti. Sé que no es lo que tú querías. Es un embrollo emocional y no sé cómo enfrentarme a él. Antes de conocerte, creía que sabía lo que era el amor, pero me equivocaba. Ahora sólo quiero que seas feliz. Si me marcho, no te sentirás obligado a hacer más de lo que deseas. Te pagaré lo que te debo aunque tarde toda la vida. Te lo prometo. Te deseo lo mejor. Con cariño, Bella.

Michael inspiró con fuerza. Bella se había ido. Se sentía como si le hubieran clavado un puñal entre las costillas. Ella lo amaba y él no podía devolverle ese amor. No sabía cómo explicarle que había pasado toda la vida protegiéndose para no volver a sentir dolor, o que sólo había sobrevivido por obligarse a ser autosuficiente.

Amar implicaba ser vulnerable. Y él ya no podía serlo. Por nadie.

Michael retrasó cuanto pudo el momento de irse a la cama, sin ella. Dio vueltas y vueltas hasta que, horas después, cayó en un sueño agitado y dominado por imágenes de Bella. Su sonrisa, sus ojos, sus caricias. Sonó el despertador y fue triste despertar sin Bella entre sus brazos.

Aun así, se levantó y fue al gimnasio.

—No preguntes —le dijo Bella a su tía, que la miraba con preocupación.

—¿Cómo no voy a preguntar? Tienes ojeras y tu sonrisa es más bien una mueca.

—Tengo que seguir adelante. Día a día —hizo un mohín—. Bueno, hora a hora. Las cosas mejorarán. Pero hará falta tiempo.

—¿Qué ocurrió? —preguntó Charlotte.

–No quiero hablar del tema.

–Bueno, me doy cuenta de que es muy mal momento –Charlotte suspiró–, pero Fred y yo hemos decidido casarnos.

–¿Vais a dar el sí? –Bella parpadeó, atónita.

–Así es. Fred dice que podrá con cualquier cosa, incluso con una reaparición de mi cáncer.

–Todo un hombre –Bella sonrió, a pesar del dolor que sentía por dentro.

–Sí. Todo un hombre. Nos casaremos dentro de dos semanas.

–¿Tan pronto?

–A nuestra edad, ¿por qué perder el tiempo? Iremos al juzgado y luego haremos una fiesta en mi casa. ¿Aceptarías ser uno de los testigos?

–Por supuesto –Bella abrazó a su tía–. Me alegro mucho por ti. Te lo mereces.

–Gracias, cielo. Tu día también llegará. Lo sé.

Bella comprendió que ser capaz de rendirse al amor era un signo de fuerza. Ella se merecía ser amada. Y, por tanto, tenía que olvidar a Michael.

Michael estaba revisando las cuentas de uno de sus restaurantes cuando su móvil vibró.

–Hola, Rafe –contestó–. ¿Qué hay de nuevo?

–Estoy en la ciudad –dijo su hermano–. Quiero que me invites a cenar, pero muy temprano.

–Ahora son las tres –dijo Michael–. ¿Vas a volver a casa esta noche?

–Sí. Ahora que tengo a Nicole y a Joel, no me gusta pasar la noche fuera si puedo evitarlo.

–Un gran cambio para ti.

–Sí, y bueno –dijo Rafe–. ¿Dónde quedamos?

Michael sintió la tentación de excusarse, estaba muy insociable desde la marcha de Bella. Pero Rafe era su hermano y, después de tantos años de separación, no podía ignorarlo.

–¿Qué te apetece? ¿Carne, comida asiática, marisco?

–Una hamburguesa grasienta con patatas fritas.

–Hecho. Nos veremos en Benson, en el centro, dentro de un rato –dijo Michael. Colgó.

Una hora después, su hermano y él estaban en el bar de uno de los populares y céntricos restaurantes de Michael. El camarero tomó nota de su pedido en cuanto se sentaron.

–Una de las cosas que me gusta de comer contigo es la calidad del servicio –Rafe sonrió con aprobación–. Nunca hay que esperar.

–Dudo que te hagan esperar, sea donde sea.

Rafe encogió los hombros y estudió a Michael.

–¿Estás bien? No tienes buena pinta.

–Gracias, hermano –ironizó Michael–. He estado trabajando mucho últimamente.

–Pues date un respiro de vez en cuando. Hasta los Medici necesitan hacerlo.

–Lo haré cuando pueda –Michael decidió cambiar de tema–. ¿Cómo está Nicole?

–Harta de las náuseas, en vez de ser matutinas, le dan por la tarde. No soporta ver ni oler carne.

–Por eso querías una hamburguesa grasienta.

–Sí, puede que sea mi última oportunidad durante un tiempo. Pero no me quejo. Ella merece la pena –dijo Rafe–. Y esta vez estaré con ella y con el bebé desde el principio.

Michael sabía que a Rafe aún le dolía no haber sabido que tenía un hijo hasta que Joel cumplió los tres años.

–Parece que Joel y tú os lleváis muy bien.

–Oh, sí. Es un niño fantástico. Nicole lo ha educado de maravilla. Por cierto, te envía recuerdos y sigue queriendo la receta de esa tarta que hizo Bella. ¿Le pasarás el recado?

En ese momento, llegó el camarero con la comida. Michael había temido que hablarían de Bella, pero con la esperanza de que ocurriera al final de la comida. Su apetito se esfumó.

–Eso podría ser difícil. Ya no nos vemos.

–¿En serio? –Rafe parpadeó con sorpresa–. Cuando nos la presentaste, creí que era importante para ti. Pero supongo que para ti, vienen y van.

–Yo no diría tanto –farfulló Michael.

–No entiendo –Rafe mordió su hamburguesa–. ¿Estás diciendo que te ha plantado?

–No he dicho eso. Simplemente, quería algo que yo no podía darle.

–Hum –Rafe siguió comiendo–. Por cierto, la hamburguesa está de miedo. Hace más de una semana que no como una. ¿Qué quería Bella? ¿Una casa en el sur de Francia?

–Nada de eso –Michael negó con la cabeza–. Nada material. Sólo quería que tuviera sentimientos por ella que soy incapaz de tener.

–Ah. Hablas de amor.

–Sí –Michael se sentía como si le hubieran puesto una pistola en el corazón–. Se lo dije desde el principio, pero luego las cosas cambiaron.

–Pues no pareces muy feliz al respecto.

–No lo estoy, pero no puedo hacer nada.

–¿La quieres?

–No creo en el amor para mí mismo. Para otra gente, está bien. No es para mí.

–Gallina –afirmó Rafe. Alzó una mano para callar a Michael–. Yo pasé por eso. Y Damien. Con nuestro pasado, guardábamos nuestro corazón bajo llave. Ya habíamos sufrido demasiado y no queríamos perder más. Lo malo es que, si no dejas a la persona adecuada atravesar la coraza, la pérdida es aún mayor.

–Gracias por la charla. ¿Podemos cambiar de tema? –Michael no quería escuchar consejos. Aún le dolía demasiado la pérdida de Bella.

–Claro –accedió Rafe–. Pero eso no borrará la sensación de pérdida que te oprime el estómago.

–Gracias otra vez. ¿Cómo van tus yates?

Escuchó las novedades de negocios de Rafe y le contó algunas de las suyas.

–¿Tu detective te ha dado más noticias sobre Leo? –preguntó Rafe.

–Sólo lo que te conté la semana pasada. Menuda montaña rusa. Me dice que puede que esté vivo, pero que tardará más en encontrarlo –movió la cabeza–. No sé qué pensar.

–Yo tampoco.

–No voy a rendirme –afirmó Michael.

–No esperaba que lo hicieras –Rafe se puso en pie–. Tengo que irme. Gracias por la comida. Esa hamburguesa me ha sabido a gloria.

–Encantado de darte gusto –Michael acompañó a su hermano a la puerta–. Dile a Nicole que se cuide y dale un abrazo a Joel.

–Hecho –Rafe hizo una pausa–. Si te hace tan infeliz que Bella se haya ido, quizás tendrías que reconsiderar tu teoría en contra del amor.

–No –Michael negó con firmeza.

–Pues creo que llegas tarde. Es posible que ya estés enamorado –le dio un apretón en el hombro–. Llámame si me necesitas.

Dos semanas después, Bella condujo hasta el juzgado para asistir a la boda. Su tía, vestida con un traje de seda roja y marfil paseaba, inquieta, ante la puerta del despacho del juez de paz.

–¿Estás bien? –preguntó Bella.

–Sólo algo nerviosa –contestó Charlotte–. ¿Crees que estoy cometiendo un gran error?

–¿Quieres a Fred?

–Sí.

–¿Te hace feliz?

–Oh, sí –la expresión de Charlotte se suavizó.

–Creo que has contestado a tu pregunta –dijo Bella, que seguía devastada por su ruptura.

–Bueno –Charlotte miró su reloj–. Creo que ha llegado la hora.

Bella entró en el despacho con su tía. Vio a Michael de pie junto a Fred y lanzó una mirada de desesperación a su tía.

Charlotte formó la palabra «perdona» con los labios y luego miró con amor al novio. Bella tomó aire y se centró en Charlotte. De ninguna manera podía pensar en Michael.

Después de que Charlotte y el novio hicieran sus votos, el juez de paz los declaró marido y mujer. A Bella se le llenaron los ojos de lágrimas.

—Te veremos en casa —dijo Charlotte. Besó a Bella—. No te enfades demasiado conmigo —le susurró. Después, salió con su marido del juzgado, dejando solos a Bella y a Michael.

—Parecen felices —dijo Michael.

—Sí que lo parecen —corroboró ella, sin mirarlo—. Espero que sean felices para siempre —se mordió el labio—. Tengo que irme. La recepción es en casa de Charlotte.

—Bella —dijo él, deteniéndola—. Charlotte me llamó para decirme que estarías aquí.

Ella volvió a morderse el labio, sin saber qué decir.

—Me dijiste que me querías —dijo él—. No sé mucho de amor. Renuncié a él cuando era poco más que un niño, para sobrevivir.

—Eso puedo entenderlo —Bella tomó aire.

—Me has enseñado que soy capaz de más de lo que creía. No sé mucho de amor, Bella, pero sé que quiero que estés a mi lado para siempre —alzó su barbilla para que lo mirara—. Quiero que me enseñes tu forma de amar.

—Oh, Michael —Bella temió que le estallara el corazón de júbilo—. Ya sabes amar. Me has dado muchísimo amor.

—Puede que nos necesitemos el uno al otro para encontrar el camino —sugirió él.

—Puede —aceptó ella, esperanzada.

—Te quiero. Y pienso quererte mucho más.

—Eres un hombre asombroso, Michael Medici. Quiero ayudarte a ser feliz.

—Ya lo has hecho, Bella. Ya lo has hecho.

Epílogo

Diez días después, cuando Charlotte y su marido volvieron de la nueva casa de Michael en Gran Caimán, Bella por fin pudo darse un respiro. Se había hecho cargo del spa durante la luna miel de su tía y estaba deseando pasar una noche tranquila con Michael, que iba a recogerla.

Todo había cambiado mucho en la última semana. Michael había organizado el traslado de todas sus pertenencias a su casa y, además, se había abierto por completo respecto a su hermano Leo. Ella, como él, esperaba con anhelo las noticias del detective.

Bella estaba deseando pasar un rato en el jacuzzi y esperaba que Michael se uniera a ella. Ya lo esperaba fuera cuando vio su coche llegar.

–Por fin, un descanso –dijo, en cuanto se sentó. Le dio un beso–. Tengo planes para ti.

–¿Ah, sí? –curvó los labios con sensualidad–. ¿Qué clase de planes?

–Planes húmedos y burbujeantes.

–Hum. Se parecen a los míos. Pensaba llevarte a uno de mis restaurantes.

Ella habría preferido estar a solas con él, pero estar con él era más que suficiente.

–De acuerdo. ¿Qué tal tu día?

–Ajetreado. Rafe llamó. Siempre se me olvida decirte que Nicole quiere esa receta.

–Dame su dirección de correo electrónico y es cosa hecha –dijo ella cuando llegaban al aparcamiento del restaurante–. Vaya, me pregunto qué ocurre. Nunca he visto esto tan vacío.

–Tendré que hablar con el gerente de eso –dijo él, ayudándola a bajar del coche.

En la puerta de entrada había un cartel que decía *Fiesta privada. Por favor, vuelva mañana.*

–¿Qué ocurre? –preguntó ella, confusa.

–Ahora lo averiguaremos –dijo él con calma.

Entraron y Michael la llevó al bar, donde los esperaban una botella de champán y dos copas.

–Tú sabías algo de esto –lo miró con curiosidad–. ¿Qué pasa?

–Siéntate. Te serviré una copa de champán –dijo él con un sonrisa misteriosa–. ¿Sabes qué es lo que me gusta de este sitio?

–¿Aparte de que genera muchos beneficios?

–Aparte de eso –Michael soltó una risita.

–La buena comida. El ambiente. El personal –aventuró ella. Nunca había visto a Michael así.

–Me gusta ese sitio porque es donde te vi por primera vez.

–Me emociona mucho que digas eso –Bella tenía un nudo en la garganta.

–Pues agárrate, que acabo de empezar.

–¿Qué quieres decir?

–Que conocerte me ha cambiado más de lo que había soñado nunca. Eras un deseo inconfeso. Nunca creí en el amor hasta que llegaste tú.

–Michael, te quiero –las lágrimas le quemaron los ojos–. Deseo, sobre todo, que seas feliz.

–Entonces, ponte esto –dijo él, sacando una cajita

negra del bolsillo. Le mostró un anillo con un enorme diamante–. Póntelo y cásate conmigo.

–¿Estás seguro? –Bella sacudió la cabeza, atónita–. ¿Estás seguro de verdad?

–Me he pasado la vida calculando las posibilidades de perder o ganar. Nunca he estado tan seguro de nada ni de nadie en mi vida. No puedo perder si te tengo a ti.

–Te quiero –dijo ella–. Te quiero hoy, mañana y siempre.

En el Deseo titulado
Los secretos de la novia, de Leanne Banks,
podrás terminar la serie
LOS MEDICI

Deseo

De nuevo junto a ti

MAUREEN CHILD

Estaba previsto que la firma del divorcio fuera la última vez que se vieran, pero la pasión los atrapó en sus redes y Maggie King salió de allí con algo más que la soltería: con el hijo que Justice King siempre se había negado a darle, algo que estaba dispuesta a mantener en secreto.

Sin embargo, cuando las circunstancias la obligaron a volver al rancho King, no pudo ocultar a su hijo más tiempo. Justice era padre, pero lo negaba sistemáticamente porque, si admitiera que el niño era carne de su carne, tendría que admitir también que había cometido el peor error de su vida.

El rey reclama a su heredero

¡YA EN TU PUNTO DE VENTA!

Acepte 2 de nuestras mejores novelas de amor GRATIS

¡Y reciba un regalo sorpresa!

Oferta especial de tiempo limitado

Rellene el cupón y envíelo a
Harlequin Reader Service®
3010 Walden Ave.
P.O. Box 1867
Buffalo, N.Y. 14240-1867

¡Sí! Por favor, envíenme 2 novelas de amor de Harlequin (1 Bianca® y 1 Deseo®) gratis, más el regalo sorpresa. Luego remítanme 4 novelas nuevas todos los meses, las cuales recibiré mucho antes de que aparezcan en librerías, y factúrenme al bajo precio de $3,24 cada una, más $0,25 por envío e impuesto de ventas, si corresponde*. Este es el precio total, y es un ahorro de casi el 20% sobre el precio de portada. ¡Una oferta excelente! Entiendo que el hecho de aceptar estos libros y el regalo no me obliga en forma alguna a la compra de libros adicionales. Y también que puedo devolver cualquier envío y cancelar en cualquier momento. Aún si decido no comprar ningún otro libro de Harlequin, los 2 libros gratis y el regalo sorpresa son míos para siempre.

416 LBN DU7N

Nombre y apellido _____ (Por favor, letra de molde)

Dirección _____ Apartamento No.

Ciudad _____ Estado _____ Zona postal

Esta oferta se limita a un pedido por hogar y no está disponible para los subscriptores actuales de Deseo® y Bianca®.
*Los términos y precios quedan sujetos a cambios sin aviso previo.
Impuestos de ventas aplican en N.Y.

SPN-03 ©2003 Harlequin Enterprises Limited

Bianca

Él era príncipe del desierto... y padre de su hijo

Lucy Banks llegó al país de Biryal, en medio del desierto, llevando consigo un secreto. Pero al ver en su palacio al jeque Khaled, el hombre que una vez la había amado, se quedó abrumada por la opulencia de su entorno.

Khaled es ahora un príncipe del desierto, sus ojos más oscuros y severos que antes, su expresión más sombría. Ya no es el hombre al que conoció y amó una vez.

Y aunque querría escapar de su abrumadora masculinidad, Khaled y ella están unidos para siempre... porque él es el padre de su hijo.

Hijo del desierto

Kate Hewitt

¡YA EN TU PUNTO DE VENTA!

Deseo

Asuntos de dormitorio
ANNE OLIVER

Abby Seymour llegó a la Costa Dorada de Australia con la intención de abrir un negocio, pero pronto descubrió que la habían estafado. La habían dejado sin dinero y necesitaba ayuda urgentemente.

El adusto empresario Zak Forrester, intrigado por la bella Abby, le ofreció un sitio en el que alojarse, pero viviendo juntos resultaba imposible controlar la atracción que había entre ellos.

Zak estaba dispuesto a compartir cama con Abby, pero insistía en que ella nunca podría ser su esposa...

En la cama con un taciturno empresario...

¡YA EN TU PUNTO DE VENTA!